ちくま文庫

たべもの芳名録

神吉拓郎

筑摩書房

たべもの芳名録／目次

たべもの芳名録

鮓《すし》が来そうな日

うらうらとして、何をするにも勿体《もったい》ないような日というものがある。

こんな日には、家の中をうろうろ歩き廻って、家人から邪魔がられたり、窓から雲を眺めたりして過すのが一番である。

終日無為、という言葉が、辞書に載っていて、これは、こういう日の為の言葉だろうと思われる。

日記をつけている人は、誰でもこの四文字に憧れているようだが、さて、憧れてはいても、気持を偽らずに、終日無為、と、軽く書けるような日は、そうざらにはないのである。

終日無為、とは、淡い詠嘆だ。春のひと日に似つかわしい。

こんな日に、或る楽しい予感がすることがある。

昼すこし前に、電話が鳴って、立って行った家人が、なにやら話している。

まあ、いつもすみません、とか、お待ちしていますからと答える調子の明るさから

すると、心待ちにしていたことが、いよいよ実現に向いつつあるらしい。

やがて、電話を終った家人がやってきて、

「北国さんから、おすしが届くそうよ」

と嬉々として報告する。

「もうじき、奥さんが、風呂敷包みを提げて、やってくるわ」

「そうだろう。昨夜から、ちゃんと匂ってたんだ」

北国さんの細君は、娘に運転をさせて、自分はその隣に坐り、いつものように、大きな風呂敷包みにした鮓《すし》の容器をしっかりと抱えてやってくる筈《はず》である。後の席に妙な犬を乗せて。

彼女は北海道の産で、馴《な》れずし五目ずしも上手につくる。

五目ずしにも大てい鮭《さけ》が入る。

鮭、錦糸玉子、椎茸《しいたけ》、たけのこ、針生姜《はりしようが》、木の芽と、いろいろ入って、柿の葉で巻くような細かなことはしないけれど、量はたっぷり、味も保証つきだ。

台所では、もう、家人が、コトコトとダシを引いて、お澄ましの用意をしている。

すし、は、歳時記では夏の季語になるのだが、すし恋しと思うこころは、春こそ強いような気がする。包みを開けば、色どり鮮やかに、到来のすし桶《おけ》のなかは百花の撩《りよう》乱《らん》するに似て、舌にも春、というやつである。

北国さんのすしは、鮭が主力で、それに蟹《かに》やイクラが加わったりするが、西方さんのは、また違う。時期にもよるが、穴子は欠かせないようで、西方さんの細君は、この穴子の味つけが実に上手だ。小さな穴子の一片に、なんともいわれぬ味わいがある。椎茸を嚙《か》んでみても、濃すぎず、薄からず、ああ、うまいなと思わせる味が含ませてあるのである。

五目に限らないが、すしの具は、土地によって随分違ってくる。

東京は諸国の吹きだまり、という悪口もあるが、とにかく日本中の人が集っていて、それぞれ生れた土地の流儀によってすしを作る。その味が自慢で、届けて下さる例も多いから、楽しみもまた尽きない。

最近は、デパートなどで、各地の特産の食料品を売りものに、よく名産展が開かれて、その地方のすしも登場する。会場の片隅に設《しつら》えた腰掛けの席で、それを食べさせたり、折詰にしたのを売ったりしているが、味という点では、とても奥さん連のお手製に及ばない。

その種の催しが流行り始めた頃は、面白半分に出掛けて行って、いろいろ試みてみたこともある。しかし、毎度失望させられるばかりなので、この頃は、バカバカしくて行く気を失ってしまった。

もっとも、たまにはノゾいてみることもあるが、買うのは材料だけである。東京でふだん手に入らないものを、ちょっと買うだけで、あとは売り子の顔を見るのを楽しみにしている。

そういう会場でも、売り子の半分くらいはデパート側の人手が占めているが、やはり要所々々には、その土地からまさしくやってきた顔が見える。顔つきから、日に灼《や》けた具合やら、お国訛《なま》り、応待の呼吸など、やはり目新しい感じがする。

石川啄木は、故郷の訛り聞きたさに上野駅に行くのだが、デパートの客にも、やはり啄木派らしいのがいて、売り子をつかまえて、お国言葉で話し込んでいたりすることがある。

先日は、大スペイン展というのを見に、或るデパートに行った。

さすがスペインらしく、陽気で、色どりゆたかな産物がいろいろと並んでいるのも魅力的だったが、その一隅で、スペイン人の職人がなにかを作って見せているのに目を惹《ひ》かれた。多分、作っていたのは、模型の帆船だったと思うが、帆船そのものよりも、前掛けをかけて、コツコツと仕事をしている中年の男のほうが、ずっと面白かった。皺《しわ》が沢山寄った鞣《なめ》し革のような皮膚や、堅く縮れた髪の色合いや目つきも、戦後見馴れた種類の外国人とはかなり違っている。

きょう日の東京でも、町なかで、スペインの職人に会うというのは、考えてみればかなり珍しいことである。

先方のスペインの親方も、まさか一生のうちに日本へ仕事で行くことになろうとは、夢想もしなかったと思う。〔まことに事実は小説よりも奇なり〕などと、スペイン語で考えているに相違ない。

そんな想像をしながら、仕事振りを眺めていると、彼は顔を上げ、人の好さそうな笑いを浮べて、二言三言、なにかいった。意味はわからないが、別にわからないでもいいことなのだろう。

「とてもいいよ」

と返事をしようとしたが、咄嗟《とっさ》に出なかったので、せいぜいにんまりと笑い返したら、向うも笑って頷《うなず》いた。

デパートを出て、新宿の通りを歩いていると、突然、「ムーチョ、グスト」という言葉が浮んできた。

多分、それでいい筈だと思う。

「ムーチョ、グスト」

と、試みに呟《つぶや》いてみたら、通りすがりの女が、妙な顔をして、こっちを見た。

私の外国語の知識は、万事そんなふうで、とても急場の役には立たない。

一度食べてみたいと思うすしに、岡山のすしと、鹿児島の酒《さけ》ずしがある。

どちらも、聞くからにウマそうなすしである。ムーチョ、グストであるらしい。

岡山のすしは、お祭ずしとか、うおじまずしとも呼ばれるらしい。魚島というのは、鯛《たい》や鰆《さわら》のしゅんのことで、晩春の頃である。ただそう呼ぶのは他の土地の人で、岡山の人は、このすしのことを、単に、すし、と呼んでいるらしい。

その、すし、を知ったのは、岡山の人、内田百閒さんの随筆によってである。

なんでも、昔、町人があまり食べものに贅沢をするので、殿様から、以後、町人は一汁一菜にせよ、それを犯すものは罰する、と、お布令が出た。それが岡山のすしの濫觴《らんしょう》になったのだそうだ。

つまり、すしは一品だが、そのなかに、ありとあらゆる美味を具にして盛り込んでしまえば、お布令に反することもなく、充分御馳走が堪能出来るというのが町人の知恵である。吸物を添えて一汁一菜だが、鯛や鰆はいうまでもなく、季節の野菜の走り、初物をふんだんに使って、いやが上にも豪奢《ごうしゃ》にこしらえるのが自慢、という伝統がある。

内田さんの筆になる、すしの具の目録があるが、内田家のすしも、また絢爛《けんらん》を極めていて、目録を読むだけでも胸がわくわくするようだ。

すしに使う酢には、酒をたらして酒酢にし、その中に、皮つきの鯛のつくりを入れて一晩置き、味を調える。

さて、具の方だが、季節にかかわらず入るのが、干瓢《かんぴょう》、椎茸、木くらげ、高野豆腐、湯葉、凍り蒟蒻《こんにゃく》の六種、ほかに季節の野菜、蒲鉾《かまぼこ》、海老《えび》、烏賊《いか》、鯛、平目、白魚から海苔《のり》、二十二番の紅生姜までである。

そして、岡山ふうのすしは、出来てから一晩置いて翌日に食べるのが本当の味である、と添え書きがしてある。

つまり、食べるまでに、ふた晩置くわけで、さぞや待ち遠しく、またウマかろうという気がする。

鹿児島の酒ずしは、獅子文六さんの随筆で読んだ。

獅子さんの表現によると、実に美しく、かつ、豪宕《ごうとう》の気分がある云々《うんぬん》。すしとはいいながら、酢を使わずに、独特の地酒を使うのだそうである。

そのなかみは、木の芽と、たけのこ、玉子焼き、サツマ揚げ、それに、ありとあらゆる魚介類が入って、木の芽と地酒の香りで噎《む》せるほどのものだという。

これまた、聞くだに食指の動くのを感じるが、獅子さんの文章の先を読むと、鹿児島でも、もう、戦後は、酒ずしのような、古風で手のかかるものは、つくり手がなくなったようだと書いてある。

その文章が書かれた頃から、さらに二十数年を閲《けみ》した今日では、伝統の酒ずしも、もはや話に聞くだけのものになってしまったかもしれない。

なくなりそうだ、とか、なくなってしまったと聞かされると、無性に気をそそられるもので、私はいつか思わぬときに、酒ずしを御馳走になる夢を見るのではないかと思う。

私の祖母も、すしを上手につくった。

祖母の家は、私の家の隣合せにあって、間取りも構造も古めかしかったが、ずっと後になって建てられた私たちの家より、しっかりしたいい家だった。

家のなかは薄暗く、冷えびえとしていたが、玄関の格子戸の組みかたひとつ、柱一本にも、明治末頃の、どこかゆたかな空気が漂っていて、私はその古めかしさが嫌いでなかった。

台所にしても、立って働くようには出来ていない。

祖母の家のすし桶は、大きな木を刳《く》り抜いたもので、外側に手斧《ちような》の跡がそのままついている。子供の私や弟が楽に坐れるくらいのさしわたしがあった。

祖母は、その桶の前に円座を敷いて、どっしりと腰を据える。そして、酢や具を運んだり、団扇《うちわ》で風を送るのは女中まかせにして、自分は、飯を切り混ぜるのに専念するのである。飯を炊き上げるまでと、具の味つけも、人まかせにはしなかったようである。

祖母のすしは、いわゆる五目ずしで、具もそれほど多くはない。

魚と貝と、椎茸、人参、干瓢、蓮《はす》、それくらいで、上から錦糸玉子と針生姜を飾る。子供たちの分は、玉子をすこし余計にして、生姜は抜きだったような憶えもある。

子供の頃は、ハイカラなものの方が好きなものだけれど、今になって、その頃の食べもののなかから思い出す味といえば、やはり祖母の五目ずしである。よほどつくり馴れた、安定した味だったようで、今でもその味は憶えている。

もっとも、味の記憶というのは、たいへんあやふやなものだそうで、憶えているといっても確かなものではないだろうが、いろいろ五目ずしを食べくらべていると、ああ、これに近いなという味に行き当ることがある。

祖母は、私がまだ小さい頃に故人になってしまったし、どこの出身なのか確かなことを知らない。祖母の五目ずしもどこの流儀なのか、よくわからない。

私の一族は、もう東京に長いが、もとを辿《たど》れば兵庫の出である。

加古川の先に宝殿《ほうでん》という駅があるが、その近くに神吉という地名がある。

父の代までは、まだ細ぼそと、兵庫の神吉との繋《つな》がりはあったようだが、父の死後は、もう絶えてしまった。そして、今や私は、帰るべき故里を知らない東京人なのである。

手づくりのすしに惹かれ、すしを恋しがる気持のなかには、私の、故里というものについての、曰《いわ》く云い難い思いが籠《こ》められているのかも知れない。

ヒヨシガリの海

蛤《はまぐり》の、あの独特のウマさのもとは、琥珀酸という成分なんだってね、というような話を、スシ屋で聞いていたら、連れの一人が、

「コハクサン、仕損じ」

と、駄洒落《だじゃれ》をいった。

子沢山は、仕損じ、というつもりなのである。

山号寺号という落語があって、成田山新勝寺とか、金竜山浅草寺とかいうように、なんでもかでも山号と寺号に見つくろって、幇間《ほうかん》が旦那から小遣いを稼ぐハナシだが、それが下敷きになっている。

あんまさんもみ療治、時計屋さんいま何時、お巡りさん一大事などというぐあいにやるのだが、これが結構面白い。

コハクサンから火がついて、たちまち駄洒落合戦になった。悪い癖である。

「お相撲さん、麒麟児《きりんじ》」

これは平凡、

「船頭さん、おも舵」

「ご隠居さん、気散じ」

「お寺さん、また法事」

凝ったのもあって、

「魚屋さん、みな当て字」

方々とか、車子とか、平政とか、魚屋の店先には妙な当て字を書いた経木がよく立ててある。これはまたこれで、魚屋らしくっていいのだが、このこと。

「オバさん、宝くじ」

これが一番評価が高かった。すぱっと決っている。

卑猥な傑作もあったけれど、これは割愛した方がよさそうである。

こんなことをしてワイワイ夜ふかしをしているのだから随分健全な生活である。もう春の気配があって、いくらか気が浮いているせいもあるのかもしれない。

「今度の遠足は、潮干狩に行く」

先生は、そうおっしゃって、黒板に、カチカチと、潮干狩と書かれ、シホヒガリとカナをお振りになった。

昔の小学校だから、旧カナ遣いである。これも正しくは〔舊假名遣ひ〕と書かなければいけないだろう。新カナ遣いは、どうも品がなくていやだ。ずっと旧カナで来たせいか、私などは、やっぱり旧の方が懐かしく、また有難い。

その黒板の字を眺めて、思わず、

「違わい。ヒヨシガリだい」

と呟《つぶや》いた子がいた。

下町から転校してきた子である。

今は、初等教育のお蔭で、すっかり地ならしがされてしまって、ヒとシが引っくり返る江戸弁は、ほとんど老人だけのものになってしまったようだ。日比谷へ行くつもりで、渋谷へ行っちゃったという笑い咄《ばなし》も、今ではそれ程ピンと来ない御時勢になったが、昔はまだまだヒとシの音痴が多かった。

シホヒガリなどと教えられても、たとえばこの子には、まるで信じられないのである。

なにせ、ヒヨシガリで育っているから、それが耳にしっかりと染みついている。

それが、初めて潮干狩という字を教えられてびっくりしたらしい。

潮干狩は、どう読んでもシオヒガリにしかならない。

それでも、その子は、

「違うわい。ヒヨシガリだい」

と、果敢に抵抗していたけれど、衆寡敵せずというか、次第に感化されて、しまいには得心したようだった。

その子の顔は、今でもよく覚えているが、いつか会うことがあったら、ヒヨシガリの一件が、彼の人生観にどれくらい作用したか聞いてみたいような気がする。

潮干狩には、〔ハダシ足袋〕が、きまりになっていた。帆布のような丈夫な布で出来た浅い足袋で、運動会のときによく穿《は》いたやつである。裏などがゴムで補強してあって、地下足袋を少々あかぬけさせたようなものだ。白い布だから、いくらか足もとがすっきりする。コハゼで留めるのではなく、穿き口にゴム紐《ひも》が入っていて、すっと足を入れるだけでいい。

「古い足袋でもよろしい」

ということになっていても、古足袋を持ってくる子はいなかった。運動会と潮干狩の前日は、学校のすぐ傍の文房具兼雑貨屋の本村堂では、このハダシ足袋が飛ぶように売れた。貝殻やその他で足の裏を怪我しない為の用心である。

前の晩は、その、まっさらのハダシ足袋を穿いて、家のなかを歩いてみる。掘った貝を入れる網も、熊手も新品である。その熊手で、ちょっと畳をがりがりとやってみたいような気がして困った。

潮干狩に行く先といえば、穴守とか金沢八景、または千葉方面と決っている。まだ春は浅くて、浦安や稲毛黒砂の風は冷たい。

潮干狩なんて、と、バカにする気分もないでもなかったが、いざ水を目の前にすると、日頃海から遠い山の手の子供だから、さすがに夢中になる。

汐吹き、あさり、蛤、が主な獲物だが、汐吹きは棄ててしまう。蛤を掘り当てると大威張りである。

私が、まだ小さい頃、うちでは、親父が、よく碁を打っていた。

碁敵《ごがたき》と半日、濛々《もうもう》とタバコの煙の立ちこめる座敷で熱中していることもあったし、棋譜を片手に、一人で並べている時もあった。

傍に坐って眺めていたりすると、五目並べをつき合ってくれたりする。そして、あとで碁石を磨かせられる。

碁盤も石も、なかなかいいものだった。

今、同じものを手に入れようと思ったら、新しい車を買うより高くつきそうである。

「これは、蛤」

と、親父は、白石を一つ私に渡しながらいう。

私は、はあはあと息を吹きかけて、それを布でせっせと磨く。

碁石に使う蛤は、日向《ひゅうが》の方の浜でとれるのがいい、と、親父はいっていた。今は、聞いてみると、ほとんどメキシコ産だそうで、それでも驚くような値段だ。

「これは那智黒」

と、親父は、今度は黒石を渡しながらいう。

那智の黒石は、沢山とれて、蛤の白石に較べれば、ずっと安価なものらしい。

いい碁盤は、柾目《まさめ》がきれいに揃《そろ》っていて、厚くて、軟かい。

磨き終った石をひとつ、見よう見真似で置いてみる。

かすかな暖かい音がして、ゆらゆらと、石が揺れる。意外に長い間揺れているものである。

長考していた親父が、着物のふところから手を抜いて、盤面に目を落したまま、その手で碁笥《ごけ》のなかをまさぐる。その時の、石の触れ合うちりちりという音が、私は好きだった。

その碁盤と石は、親父の死後、碁敵の某氏のもとへ引き取られて行った。その先は、どうなったか知らない。

貝塚というものがあるくらいで、昔の人はよく貝を喰ったものらしい。私たちだって、とうに貝塚が出来るくらい喰っている。特に海岸に住んでいた時は、鮑《あわび》を飽食した。

鮑をあれだけ喰ったら、東京なら破産してしまうけれど、そこが海岸住いの有難さで、友達が、潜っては取ってくる。それも大きい。コンサイスの字引くらいの大きさである。

鮑は、通称黒貝と赤貝があって、黒が雄、赤が雌貝である。雄は堅いから、水貝とか刺身とかにして、コリコリした感触を楽しみ、雌は蒸したり、ステーキにしたりするが、段々それにも飽きてきて、薄く細くしたやつをバター炒《いた》めにしてスパゲティに入れたり、いろいろやってみた。鮑もサザエも、バターによく合うから、スパゲティにいい。

味噌焼きも、好きな喰いかたの一つである。

雌貝の表面に、碁盤目に庖丁を入れて、そこへ味噌をすり込む。それを殻のまま網で焼くわけだが、匂いがたまらない。味噌の焼ける香ばしさと磯臭さが一緒になって、なんともいえない。和風アヴァロン・ステーキというやつだが、とりわけキモは絶品だ。

鮑はウマいけれど、歯が悪くてどうも、というときには、おろし金《がね》でザクザクとおろすという手がある。玄人が使うような、目の荒い、頑丈なおろし金でないと、味よくいかないが、これにワサビと、醬油を落すかまたはダシでのばした鮑とろろは、入れ歯でもなんでも、イキのいい鮑が味わえて有難い。

蛤の真蒸《まむ》しも、歯の悪い年輩には結構な食物である。もっとも、これは、蛤をスリ鉢でゴリゴリと擂《す》って、なめらかになるまで擂り抜くのだから、かなり手がかかる。料理屋でも上等な料理に属するらしくて、なかなかお目にかかれない。ちょっとでも手を抜くとテキメンに味が落ちるから、うっかり作れないのかもしれない。この間、某店で食べたのなんか、ひどいものだったけれど、ひとに御馳走になったのだから、文句はいえない。泣く泣く口を緘《かん》したのだけれど、喰いものの恨みというのは、あとに残るものである。

貝類で嫌いなものはない。

だいたい、喰いもので嫌いなものはないから、まして貝類は、である。

子供の頃は、赤貝の、あの、消毒臭いような匂いが嫌だったけれど、すぐ、あれがよくなってしまった。

アオヤギ、みる、とり貝、など、それぞれに独特の匂いがあるが、それぞれに好きだ。バイ貝や、ムールは、それほどではないが……。

「九十九里浜へ、昔、よく行った時に……」

と、家内がいう。

あのあたりの貝は、稲毛あたりのと、ひとサイズ違ったそうである。つまり、シジミがアサリほどの大きさがあり、アサリはハマグリほどあったそうである。

「蛤はどれくらいなのかね」

と聞くと、

「これっくらいはあるのよ」

と、両手の指で、大きな栗の実のようなかたちを作って見せる。此の頃、韓国から入って来る大蛤よりもまだ大きい。

これを取るのには、熊手なんかいらなかったそうだ。

ハダシで水に入って、その両足をムズムズと動かす。すると、砂のなかで、足の裏に当るものがあって、それが大蛤なのだそうである。子供でも造作がない。

山本周五郎さんの『青べか物語』にも、それと同じようなくだりがあったのを思い出す。

あの小説の舞台は、浦安だが、潮の引いた海へ夜出て行って、両足でムズムズやると、足の下にカレイとか浅いところの魚がいる。魚を踏みに行くのである。今の浦安からは、とても想像出来ないような頃の話である。

それだけ豊かだった沿岸の貝類も、今ではすっかり少なくなってしまって、その原因は、やはり乱獲と、それからヒトデのせいだといわれている。

ヒトデは無類の貝喰いで、貝をしっかりとつかまえて、強い酸を出して貝殻に穴をあけ、中身を喰ってしまうのだそうだ。

その現場を目撃したわけではないから、確かなことはいえないが、そういえば、ドリルで穴をあけたような貝殻を、海岸でよく見かけることがあった。あれがそうなのだろうと思うが、なにしろ海のなかで喰われてしまっては、なかなかこっちの口に届かないのも無理はない。

そんなわけで、最近は、潮干狩で知られた海岸でも、団体が来るとなると、その前に、あらかじめ遠くから買ってきた貝を、トラックに何杯とか入れるのである。それも、タイミングがだいじで、下手をすると、密漁者にごっそりとやられるか、ヒトデの養殖に精出すのと同じことになってしまうのだそうだ。それにしても、韓国の蛤を東京湾で掘ったりするのは、なかなか風流なことのような気もする。

校長満悦洋裁学校潮干狩

これは漢詩ではなくて、俳句なのである。

全部漢字の俳句というのも珍しいが、変哲こと小沢昭一の作で、だいたい素人の俳句というのは決して記憶に残らないものだけれど、これはその点でも稀《まれ》に見る秀句だ。なんだか白い脛《すね》がちらちら、嬌声《きょうせい》があちこちから聞えるようで、たいへんいろっぽい。

貝のこと、というと、どうも連想が例の方へ走りがちだが、どうやらこれで無事に終ることが出来たらしい。

肉それぞれの表情

ステーキ(といっても、この場合は、ビーフに限るが)、それには、昔からいろいろな呼びかたがある。

「ステーキを食べたい」

という言いかたは、やはりどっちかといえば若い人たちで、私たち位の年輩だと、

「ビフテキを喰いましょうか」

ということになる。

出かけて行く先も、あのステーキ専門店よりも、レストラン風の味が目当ての場合が多い。

それが、時によると、

「テキを喰うか」

になる。つまり洋食屋ふうの味がなつかしくなった時だ。

さすがに、今では、ビステキとか、ビフステキという表記はなくなったようで、ビフステキなどというと、〔ビフ素敵〕の連想があって、悪くないのだが、これも時代である。ことによると、われわれの、ビフテキという呼び名も、年下の連中にはひどく古風な響きかたをしているのかも知れない。私の場合でいえば、ステーキという英語がなまなまし過ぎて、使いにくいのだが、外国語がやたらに入ってくる若い人の日常会話のなかでは、ステーキぐらい、なんの違和感もなく納まってしまうらしい。対《むか》い合って同じ焼肉の一片を味わったとしても、ステーキを食べたと思う男と、ビフテキを喰ったと思う人の間には、感懐の上においても、腹具合においても、微妙な相違があるような気がする。

いったいに、ものを喰いに行く楽しみの大部分は、予想ないし想像というやつである。

ビフテキを喰おう、と思い立ったときから、食事はもう始まっているわけで、靴を穿《は》いている間にも、胃の腑《ふ》は、もう、準備運動を開始している。やがて対面する筈《はず》の御馳走に対して、あれこれと想像し、期待し、わくわくするのは、最高の前菜であって、これを抜きにして御馳走というのは成り立たない。たとえば、いい気分で寝ている男を、こっそり運んできて豪華な御馳走の卓に坐らせ、やっとばかりに叩き起して、さあ喰えと迫っても、その男は手を振って、もう少し眠らせてくれたほうが有難いというに決っているし、また、メシを喰ったばかりの男に、次の食事の相談をしても、生返事《なま》しか返って来ないのは、腹が一杯になると共に、想像力も涸渇してしまったからである。

とにかく、この、想像という前菜なしにメシを喰うのは、かなり不幸な状態といわなければなるまい。

よく、会社などで、仲間をつかまえて、

「おい、俺は昼メシ喰ったっけ」

と質問している男がいるけれど、いくら忙しいからといって、昼メシぐらいゆっくり喰う余裕は持ちたいものである。実は、私も一時これを連発した頃があって、われながらおぞましいことであると反省した経験がある。腹具合というのは妙なもので、空《す》いていると思えば空いているようだし、食べた筈だと思えば、それらしい腹具合に感じられる。結局どうかというと、他人に聞かなければ確かなところはわからない。そんなことを続けていたら、身体にだっていいことはないし、食われた食べものに対しても一分《いちぶん》が立たないような気がする。

友人に、イタリーに長いこと行ってた男がいる。本職は声楽家なのだが、それ以前に、極めて人間味あふれる男で、私の見かたからすると、イタリー人よりイタリー的ではないかと思われる。

「向うで、そういわれなかったか」

と聞くと、

「そういう経験はないけどね。イタリー人によく道を訊《き》かれたよ」

という。

その男が余興にやって見せる得意の演《だ》しものは、〔ローマのリストランテにて〕という一ト幕で、気が向くと、ごく内輪だけに限って、見せてくれる。あるレストランに入った男が、メニューを開いて、料理の選択をするところから始まって、フルコースを喰うのを終始パントマイムでやるのだが、これがとめどなく可《お》笑《か》しい。

丁度、見ている私たちからいうと、ガラス窓越しで、声は聞えないという設定なのである。

案内されて、席につくところから終りまで、どこといって可笑しくない部分は一つもないが、一番の見せどころは、やはり、ビステッカ（ビフテキ）を喰うくだりで、あまりのかたさに、客が逆上するところである。

だいたい、外国のステーキ、特にイタリーのやつは、筋もなにもついたままのやつが通例だそうで、食べながらその筋を一本一本口からつまみ出して皿のふちに並べるのが普通の食べかただとその男はいう。

そんな具合だから、もし切れないナイフでも当てがわれようものなら大変である。肉はかたい上に筋金入り、押しても引いてもびくともしないのだそうで、よしんば金剛力を振りしぼって、やっと一片を切り取ったとしても、今度は、それを嚙《か》み砕くのに鉄のような顎《あご》が必要という次第になる。

「だからね。イタリー人は、メシを喰うのに時間がかかるんだ」

と、彼はいう。そして、外人の強大な腕力と丈夫な顎は、メシを喰っている間に養われるのだと力説する。

「日本のボクサーもね。ああいうかたい肉を喰わせなけりゃ、強くなれないな」

たしかにそれは的を射た意見かも知れない。練習で鍛える以前に、外人は肉で鍛えた強い顎を持っているらしい。

しかし、馴《な》れている筈のイタリー人でも、肉のかたさには内心悩んでいるらしくて、彼のパントマイム・ショウの、かたい肉のくだりは、イタリー人の仲間にいつも圧倒的なウケかたをしたそうである。

「それがね、日本へ帰ってくると、そこんところが、それほどウケないのね。共感がないんだ。それで気が付いたんだけれど、もう日本には、そんなにかたいステーキなんか出す店はないんだよ」

アメリカのステーキはかたいという人がいるけれども、その男にいわせれば、それでも、イタリーのステーキに較べれば、物の数ではないそうだ。そんな話を聞くと、そういうかたいステーキを一度食べてみたいような気になるから人間の心理というのは妙なものである。世界的視野に立って、というと、話が大袈裟《おおげさ》になるが、わが国でステーキと称するものは、世界の常識からすると、似て非なるものなのかも知れない。

待てよ。

ここで、大きな疑問が出てきた。

日本的ビフテキ（というと、少々ややこしいが）と、本来のステーキとの本質的な違いは、どうもこのあたりにあるのではないか。

日本人の好むビフテキは、なによりも柔かさをまず追求したあげくの産物である。

〔箸《はし》でちぎれる程の柔かさ。口に入れればとろけるような舌ざわりと、したたるほどの肉汁〕

これが、最高級のステーキに対する讃辞であって、どこにも、かたさとか、歯ごたえとかいう要素は入っていない。

考えてみれば、肉を限りなく豆腐に近づけようと努力しているようなもので、こうして、すでに、豆腐とはいえないまでも、高野豆腐ぐらいに近づきつつある牛肉は、牛には違いないが、牛肉の常識で語れるものなのだろうか。

日本を訪れる外国人が、日本の牛肉の柔かさに驚き、ほめたたえるのは周知のことだが、その一方で、日本のステーキの味を好まない外国人もまた少くないと聞く。

私の疑問を解く鍵は、このへんにあるようで、日本的ビフテキを好まない人たちが考えるステーキらしいステーキは、もっと別のものなのだろうという気がする。

これは全くの想像だが、肉を喰う喜びのなかには、ごく原始的な本能の一端である顎を使う喜びなるものが含まれていなければ、万全とはいえないのではないだろうか。

営々と顎を動かして、かたい肉を嚙み続ける。もしかすると、それがステーキを喰う醍醐味《だいごみ》なのかも知れない。そして、手剛《てごわ》いステーキを喰い得るということで、まだ強健な身体を持っていることの喜びを味わい、やがてステーキにてこずるようになったことで自分の人生の目盛りを見直すのだとすれば、ステーキのある決ったかたさは、やはり動かすべからざる意味を持ってくるのだ。

「とにかくねえ、やつらが昼寝をするのは当り前だよ。顎は草臥《くたび》れちゃうし、腹は一杯だし、まるで使いものにならないからなあ」

そのイタリー帰りの男は、そういう結論を下す。

とにかく、その男の場合、昼寝をしたあとで、発声練習をガンガンと何時間かやらないと、まるっきり腹も空いてくれない始末で、つくづく声楽家であってよかったと天に感謝したらしい。

そんな調子で、かたい肉に悩まされ続けた彼は、私が〔かたくてウマいビフテキ〕に憧《あこが》れを持ったというと、鼻で嗤《わら》うのだが、柔かい結構なビフテキを食べ続けてきた私には、これ以上を望むとすれば、あとは〔本格の、かたいビーフステーキ〕しかないような気がする。

それを喰うには、やはり外国まで出かけて行くしかないだろうし、外国人が、極めつきのステーキと称するのを喰ってみて、もしそれがマズいものだったら、ビーフステーキという喰いものは、本来マズいものなのだとあきらめるより仕方がないといった心境なのである。

それはとにかく、最近どうも困ったことになった。

私のいちばんの奢《おご》りはビフテキの食べかたにある。

肉はサーロインがいい。

焼く前の下拵《したごしら》えその他は、料理の手引きに出ている通りなのだが、焼き加減が少々違う。

レア好みの人なら、あわてて引き上げるところを、そのまま焼いて、充分に火を通す。肉を引き上げたあと、アブラの部分を切り取って、もう一度アブラだけ焼き直す。

そうすると、……考えただけでも、舌が躍るのだが、ステーキ・パンの中には、最高の肉汁が、たっぷりと出来あがる。

この肉汁を、炊き立てのご飯に手早く合わせて食べるウマさは、実に罰《ばち》当りといいたいほどなのである。肉には目もくれない。

これを満喫したあとは、そら恐しい思いさえする。

そこで、私はいつも、悪魔祓《ばら》いの呪文《じゅもん》のように、大きな声で、

「こんなことをしていて、良いわけがない」

と、繰り返し唱えるのである。

しかし、いくら反省の意を示しても、やはり、罰はたちどころに下って、最近は、家のなかで、誰も、その肉のほうを食べてくれるのがいなくなってしまった。みすみす焼き上げた高い肉を棄ててしまうなんてことは、誰にも出来ないし、この頃ではやむを得ずレアのビフテキを食べ、わずかな肉汁を、ご飯のために割《さ》くという窮状である。ああ、昔日の栄華よいずこ、と思わず呟きたくなる。

これも、近頃になって強く感じるようになったことだが、ビフテキには、一枚一枚に、それぞれの表情というか、たたずまいというか、それに類したものがあって、目の前に置かれた時に、それに気を取られる。

可笑しなことをいう、と思われそうだが、ビフテキには、ちゃんと右左もあって、手前と向うも決っている。これは、ベーコンで丸く巻かれたやつにもあって、据えかたが間違うと、どこかちぐはぐな眺めになる。

見て不自然な肉は、ナイフの入りかたも楽にはいかないようである。切るのに苦労しているときに、当の肉から拒否的な表情で眺め返されると、急に汗が出てくるように思う。

飲茶永日《ヤムチヤえいじつ》

「洋楼《ヨンラウ》」「中菜《ツオンツアイ》」「日本老婆《ヤップンロオボオ》」という言葉が中国にある、と教えてくれたのは、邱永漢さんである。

つまり、字面からもわかる通り、西洋館に住み、中華料理を食べ、日本人の妻を娶《めと》ることが、日常を最も快適に暮す方法ではないかというのだ。

なるほど、と思ったけれど、よくよく考えてみると、いささか疑問もある。やっぱりこれは中国人の感じかたであって、私はだいぶこれとは意見を異にするところがある。

西洋館もいいけれど、洋、中、和風のどれを選ぶかと問われれば、昔ながらの日本的住宅がいい。廻り廊下をすっかり開け放って、座敷の奥から、庭を眺めていたりしたら、これは、こたえられない。つまり、洋楼よりも、日楼ということになる。

中菜は、このままでいいくらい、好きである。中菜大いに結構。もうひとつに就《つい》ていえば、私は中華老婆にひそかな慕情を抱いているらしい。此の頃の日本老婆が、あまり気に入らないせいもあるし、以前、とび切りの中国美人を見かけたときのショックがまだ深く残っているからかもしれない。だいたい、窈窕《ようちょう》とか嬋妍《せんけん》とか、蛾眉《がび》であるとか、美女の形容詞は、中国から発しているものが多いし、凄《すご》いような美人といえば、まず中国が本場であるような気がする。そうしてみると、私の好む生活環境は、「日楼」「中菜」「中華老婆」という次第になって、早い話、中国人の夫婦が東京に住んでいるようなことになる。面倒を省くために、今度生れるときは、中国人に生れるようにして貰《もら》おうか。

私の部屋には、大きな、西湖の絵図が掛けてある。西湖という湖は、上海に近い中国東部の杭州にあり、景色のいいことで有名である。戦争前だから、かれこれ五十年も昔のものだ。今はかなり様子が変っているかもしれないが、それでも西湖には間違いない。中国の画工が描いたものなので、日本の絵図とは、だいぶ色彩の感覚が異っている。山の襞《ひだ》のぐあいなどは、南画の技法に則《のっと》っていて、なるほどと思うのだが、その色たるや実に不思議な色合いである。

こんな色の山があるものか、と内心疑っていたら、初めて香港に行ったときに、同じような色合いの山を見て、あっと驚いた。

それ以来、その絵図をすっかり信用して、西湖とは、こういう景色のところであると思い込んでいる。

もっとも、細部にはかなりチャチな部分もあって、空には、飛行機が飛んでいたりする。

そして、その飛行機のプロペラが廻っている感じが、渦巻きの線で描いてあったりするところは、昔の小学生の図画と大して変らないが、それは御愛嬌《ごあいきよう》というものだろう。

ぼんやりと椅子に凭《よ》って、この絵図を眺めていると、居ながらにして、西湖に遊ぶかの如き気分にならないでもない。

観光絵図だから、高みから俯瞰《ふかん》するかたちになっている。高低のぐあいからすると、湖を囲む山々の一つの中腹あたりに自分が居る見当になる。そのあたりの家に居て、窓から午後の湖を眺め下している感がある。

詩人の蘇東坡は、この湖の東岸に住んでいた。坡は、堤という意味の言葉である。

東坡という号は、つまり、東岸ちゃん乃至《ないし》は東岸のダンナというほどの名前なのである。〔東坡肉《トンボウルオ》〕と呼ばれる、長崎の豚の角煮の元祖のような、豚のバラ肉を軟かく煮込んだ料理があるが、あれは、もともとこの杭州の名物料理だったものに、名物男の蘇東坡の名前を拝借してくっつけたのだそうで、今では東坡肉の方が通りがいいらしい。

東坡は湖岸に住んで、毎日、山のたたずまいや、水の変容や色を眺め、興が湧けば酒を酌《く》み、詩を作る、といった生活をしていたらしいが、残念なことに、こっちの西湖は絵図だから、春夏秋冬、山のたたずまいも水の色も一向に変らない。湖岸には同じ波が寄せ、浮んでいる舟は、いつまで経っても向う岸へ着くとは思えない。

しかし、それにはそれで、またいい所もあって、私の西湖は、いつも春である。長堤の柳は緑、花は紅、マンションの窓の外に陽が翳《かげ》って、暮色が濃く四辺を領する頃になっても、画中の西湖は依然として、午後の麗《うら》らかな陽光のもとにまどろみ、時を忘れたままだ。

龍井《ロンジン》とか鉄観音などの中国茶を前に置いて、画中に気持を遊ばせていると、突然、

「おいしそうな焼売《シューマイ》、買ってきたわよ」

などと、日本老婆が叫ぶ。

かくて、夢は破れ、私は、千里を飛んで、西湖から東京へ帰ってくる。

「それイケナイ。それダメ」

餃子や小籠包子《ショーロンポウズ》を食べているとき、よく、馮さんの、その声を思い出す。

私は中華料理店の飲茶《ヤムチャ》が好きで、食事時間の混雑を避けて、閑散としたお茶の時間に出かけて行く。

東京では、まだ飲茶専門の、いわゆる茶楼という種類の店は、見かけないようで、たいていは料理店の兼業である。

香港あたりの茶楼では、日本の喫茶店と同じように、だいたい定連の顔ぶれも決っていて、お茶好きは、自分用の上等なお茶などを自分で算段してきて、行きつけの茶楼に預けて置いたりするのだそうだ。

日本でいえば、ウイスキーのボトルを預けるようなものである。

その店へ行って、自分のお茶をいれさせると、サービスするボーイが、にこにこと、

「お客さまは、ほんとに上等なお茶を飲んでいらっしゃる」

などと愛想をふりまいてくれる。

もっとも、こういうお愛想は、当然高くつくもので、毎度、普通の客より余分にチ

ップを置かないと、いい思いは出来ないらしいが、珈琲《コーヒー》や紅茶を何杯も飲むよりも、われわれには、中国のお茶を飲んで、点心を摘んでいるほうが向いているような気がする。

丸の内のあたりに、専門の茶楼が出来て、お茶とウマい点心を出したら、おそらく大繁盛をするだろうと思うが、誰かやらないかしらん。中国茶は痩《や》せる為の妙薬ということで、近頃若い女性の間でも流行中だから、広い世代にわたって充分脈がありそうだ。

馮さんは、音でいえばフンさんになる。

香港では、全く、この人の世話になった。

御馳走もして貰《もら》ったし、いろいろ中華料理の食べかたも仕込まれた。

「カンキさん、それダメ、それおいしくない」

食べかたのことである。

「こうする。いいですか」

湯気が噴きあがっている小籠包子をひとつ、箸《はし》で取って、そのまま口へ放り込む。

「熱そうだなあ」

フンさんは、ハフハフと湯気を吐きながら、口のなかで熱々《あつあつ》の包子を転がしていたが、たちまち音高く咀嚼《そしやく》し、あっという間に吞《の》み込んでしまう。それから目を細めて、ふうと太い息をつく。

「こうする」

「こうするたって、熱いでしょう」

「熱くなければダメ。箸で切ったら、なかのスープタラタラ出てしまう。スープおいしい。逃したらダメ。やってごらんなさい」

教えられた通りにやってみると、口の中で包子が割れて、中の熱いスープが飛び出した。猛烈に熱い。

あわてて吞みくだすと、熱鉄の棒を吞みこんだように、口から胃まで大火事である。

「おいしいでしょう」

たしかに、その方がおいしいが、なんだか火喰鳥になったような心地がする。

フンさんには悪いが、私は大の猫舌だし、熱い風呂にも入れない。熱いものはまず苦手で、うんと冷たいものも、また苦手ときている。やはり適度に冷めるまで待って、それを教えられた通りに、ひと口で食べるようにしたら、それでも実にウマかった。

たしかに、スープを仕込んだ包子、たとえばフカのヒレが入ったやつとか、小籠湯包だとかは、箸で千切ったら、もうお終いなのである。料理人の折角の苦労は、たちまち水泡に帰してしまう。無理をしてもひと口で頰ばらなければ、申し訳ないようなものである。

火喰鳥になりたくない人は、ゆっくり待ってから食べる方がいい。いい加減冷めたと思っても、多分それは早計であって、なかから飛び出すスープは、舌を焼き、ノドを焼く。全くもって油断がならない。

「それにしても、この皮のなかに、スープを包み込むというのは、大変な技術だなあ」

と、私の連れが、疑問を呈すると、フンさんは嬉しそうに笑った。私も、それに就ては、ちゃんと知っている。ちょっとした工夫というか手品のタネが存在するのである。

なかの実とスープを一緒に皮のなかにくるみ込もうとしたら、これは、どんな名人だって、なかなか出来る芸当ではない。

では、どうするのかというと、もう知っている人には面白くも可笑《おか》しくもないだろうが、なかみの肉をこねるときに随分水を使う。その水が、蒸しているうちにスープになるだけのことで、出来たものから考えると、ちょっと想像がつき難いが、なあんだというような簡単なことなのだ。

その時、同行した一人が、東京へ帰ってきてから、小さな失敗をした。

女性を連れて中華料理店に行った彼は、註文のなかに、ちゃんと小籠湯包を含めた。もともと、その店の包子はなかなか評判が高かったので、女性も、喜んで彼の註文に従った。

そして、彼が、彼女に、諄々《じゅんじゅん》として小籠湯包の正しい食べ方を教えたことは、いうまでもないが、さて、いよいよその包子が運ばれてきたときに、ちょっとした不都合が起ったのである。

教えたからには、まず手本を示さなければいけない。そう思った彼は、摘み上げた包子に調味料をつけ、

「つまり、こういうぐあいに」

と、いいつつ、ひと口に頰張った。

あとで思えば、割に大きな包子だなという印象はあったそうである。それでも、なにごとやあらんと思って口に入れた途端、これは失敗したということが身にしみて解った。

なにしろ口一杯に押し込んで、まだ余る。

口が閉じられない。

熱さは熱し、包子をくわえたまま、彼は目をむき、絶句した。

「実に、進退ここに谷《きわ》まったという感じでね」

暫《しばら》く虚空を睨《にら》んで考えた末に、とうとう我慢しきれなくなった彼は、ゆっくりとナプキンを取り、くわえた包子を、落ち着き払って、その中に包み取った。

それでも、暫くくわえていた間に、口の中は大火事になって、その後は水も呑めないくらいだったという。連れの女性が、彼のその我慢と、冷静な処置を高く評価したかどうかは、たいへん怪しい。

「つまり、親切さが足りないんだ。スープ入りの包子などというものは、ひと口で食べ易い大きさに作るものと、常識で考えても解りそうなものなのに」

常識などという言葉を、ふだんから使ったことのない男が、こういうのである。


鹹《かん》点と甜《てん》点。

点心にはこの二種類があって、要するに、甘くないものと甘いものである。

焼売、雲呑《ワンタン》、麵《めん》類、春巻、饅頭《まんじゆう》、餅、餃子、粥《かゆ》の類は鹹点の部だが、例外として甘味の入った饅頭や粥などもある。

甘いものは、プディングのような牛乳製品や、落花生などのお汁粉、揚げ菓子、クッキー類、パイ菓子、その他いろいろ。

概して、男は、やはり中国でも、甘いものはそれほど取らないらしい。

北の餃子に対して、南で人気のあるのは、焼売で、ウマいと評判の店では、蒸し上る時間を客が知っていて、どっと詰めかけるという話も聞いたことがある。

麵の太さは、中国の北と南で、かなり違って、南へ行くほど、細い麵が喜ばれるという。これは南へ行くほど、麵がおやつ化するために、量も少く、器も小さくなるからだそうである。

私も麵は細い方がいい派だが、これにはちゃんと反対派もいて、太麵絶対を叫んで譲らない。

食べもののウマいマズいは、所詮《しょせん》水掛論だから、いくら議論したって、埒《らち》があく筈はない。そんなことは百も承知で、面白可笑しくわいわいやるには、飲茶の店は恰好《かっこう》の場所だし、または、ひとり、ぽつぽつと南瓜《かぼちゃ》の種子などを嚙みながら、もの思いに耽《ふけ》るにも午後の中華料理店というのはいい。

そして、春の午後は、幸いなる哉《かな》、永い。

鯛の鯛

鯛の頭のなかには、〔タイのタイ〕というのがあって、これを教えてくれたのは父である。

カブト煮でも、塩焼きでも、鯛の頭を丹念に食べてゆくと、小さな骨片がいくつか手もとにたまる。これをうまい具合に組合せて並べると、小さな鯛のかたちが出来あがる。その為に、タイのタイと呼ばれるのだろう。後で知ったことだが、一片だけでタイのタイと呼ぶこともあるらしい。

私も、二ツ下の弟も、父がその小さな鯛のかたちを作るのを見て、面白がった。まだ小さい頃だから、鯛の味はよくわからない。背のあたりの、いちばん食べ易そうなところを、ちょっと毟《むし》って貰《もら》って食べるだけで、味よりもタイのタイのほうに関心があって、半透明な薄い骨片の印象が強く残っている。

後年になって、その頃のことを思い出して、試みたことがある。その時は、何処へ紛れ込んだのか、部分品の数が足りないようで、満足な鯛のかたちにならなかった。ジグソー・パズルの一片が、何処かへ飛んで行ったと同じで、もしかしたら、と、お皿の蔭やらお膳の下まで探したが、見つからず終いだった。

最近、その話をすると、タイのタイというものを知らないと云う人が意外に多い。魚ばなれの進む世の中だからかも知れないし、そう云えば、尾頭《おかしら》つきの鯛が食膳に上ることは、当節、まず無い。子供にタイのタイを並べてやる親も、そろそろ、あとを絶つことになりそうだ。

鯛のシュンは、そもそも、花見どきと決っている。魚島《うおじま》と云う言葉がある位で、瀬戸内の鯛の最盛期には、関西人のお膳には、ウマい鯛が乗る。

どう口惜《くや》しがってみても、東京に住むわれわれと、関西の人では、鯛に対する感覚が違う。

東京近辺では、安房とか、大島の鯛があるけれど、それをもって関西人自慢の鯛と議論をしても、どうも分が悪そうに思える。なにしろ、こっちで貴重品扱いのものが、向うでは、お惣菜なみなんだから敵し難い。もし、関西の人が東京者に対していささかイイ顔をしようと思ったら、鯛を贈るのが良策である。話だけでも、私などはつい動揺して、なんでも云うことを聞いてしまいそうな気になる。

以前、三浦半島の海辺の町に住んでいたことがあった。

或る年の正月に、地元の知合いの家に呼ばれて行ったら、お酒と一緒に、見事な鯛が出た。それが海辺の町の正月の感じにぴったりと合って、これある哉《かな》と思った。

尾頭つきにすると、鰯《いわし》でもやはり魚の風格が出てくる。切身になっていると、どうも正体不明の嫌いがある。西洋人は、頭をちょん切ってしまわないと気味が悪いらしいが、それは大体彼等が魚嫌いだからである。その癖、鹿や熊の頭を平気で壁掛けにして飾ったりするんだから、片手落ちも甚だしい。鮪《まぐろ》や鮭《さけ》の頭を壁掛けにして、そいつがお客を睨《にら》みつけるような具合にずらりと飾りつけて、西洋人を沢山呼んでパーティーを開いたら、彼等は、どんな顔をするかしらん。西洋人は、往々にして、横車を押すと云うか、理不尽なことを平気でする癖があるから、すこしはそう云う思いをさせて、世間は広いと云うことを教えてやらないといけない。

それはとにかく、魚の頭を嫌うのは蛮風であって、塩で綺麗に化粧した鯛の尾頭つきなどは、見るからに美しい。ぴんと尾をはねあげた姿は、やはり、私の体の何処かに伝わっている日本人の情をくすぐるところがあると見えて、正月気分が非常に高揚した。

それ以来、年頭のお膳に、尾頭つきの鯛を乗せて、あらたまの年を祝いたいと云うのが私の念願になっている。

念願にしているのに、なかなかそれが実現しないのは、歳末の慌しさに取り紛れて、つい調達の手筈《てはず》を忘れてしまうからで、押しつまってからでは、なかなかいい鯛を確実に手に入れることは難しい。年の瀬になってジタバタするのは、そもそも、日頃の暮しかたに不備があるからである。わかっていながら、鯛がお膳に乗らないのは残念なことだ。今年の暮こそ、ひとつ良型を手に入れて、宿願を果し、肩の荷をおろしたいと思う。上手に焼き上げた鯛は、日もちがするし、まず、睨み鯛にして、充分睨んでから味を見ることにしよう。もしお余りが出れば、うちの二匹の猫に、正月の味と云うものを教えてやりたい。

これも、その海岸住いの時に知ったことだが、鯛を有難がる地方では、魚の名に、なんでも鯛をつけたがる。だいたい平べったい魚なら鯛にしてしまう。

自転車に盤台《はんだい》を積んで、魚を売りにくる爺さんがいて、日に焼けた色の具合から、元漁師と云うことが一見してわかる。一服して、よく話し込んで行ったが、婆さんに死なれてから、海に出る気もなくなって、小遣い稼ぎをしているのだと云う。

この爺さんの持っている魚が、ほとんど鯛である。鯛は鯛だが、まともな鯛は小さな石鯛位で、あとはキンメ、ニザ鯛（通称三の字）、マトウ鯛（馬頭鯛）、鏡鯛、と、碌《ろく》な魚がいない。金目鯛は、時季によってかなり味のいいこともあるが、あとの鯛はまずいけない。三の字は、尾の近くに、三本、入れ墨みたいな縞のある厭味《いやみ》な魚だし、馬頭鯛は、的鯛とも称する所以《ゆえん》の大きな黒い丸紋が横っ腹についている。鏡鯛は、妙にぎらぎら光るウサン臭いやつで、これも頂けない。

東京生れの東京育ちのわが家内は、

「鯛だそうよ」

と、いつも欺されては後悔のホゾを噛《か》んでいた。爺さんは、東京者の鯛信仰によく通じていたと見える。

黒鯛と云う魚は、釣りものとして面白いが、時に合えば味の方もバカにならない。特に、香港で食べた黒鯛はウマかった。

案内をしてくれた馮《フン》さんがなかなかの食通で、彼のお蔭で、香港の美味の一端を嗅《か》ぐことが出来たのである。

黒鯛を食べたのは、近くの漁村である。

車で三四十分も飛ばして、なんだか魚の油でぬるぬるしたような渡し舟に五分も乗ると漁師町があった。

舟からあがると、すぐマーケットである。

上野のアメ屋横丁通称アメ横の人通りをなくしたようなマーケットで、ズラッと海産物屋が店を張っている。そのほとんどの店が沢山に仕切った木の水槽に水を張って、生きた海老《えび》や蟹《かに》や、色とりどりの魚を泳がせているから、これはちょっとした観ものだ。海老の仕切りだけでも五つ六つあって、ミジンコのようなのから一尺あまりのまで、大工の釘《くぎ》箱みたいに整然と仕分けが出来ている。

私たちが目を見張っていると、案内のフンさんはそこの手網を取って、海老を掬《すく》い始めた。ぴんぴんと跳ねるやつを選《よ》って、二三十掬い取ると、別の器に放す。蟹を選び、大きなガラスの水槽の中をのぞき込んで、何十匹と泳いでいる色とりどりの魚のなかから、ウマそうなのを探す。選んだのは一匹の黒鯛で、寸法や色艶がフン氏のめがねに適ったらしい。ウマそうな真鯛も泳いでいたので、私はフンさんの指が黒鯛を指したときに、ちょっとがっかりした。しかし、フンさんの目が確かなことは、すぐにわかったのである。

フンさんは、店の男と値段の掛合いをすませると、空っ手でサッサと店を出て、向いの料理屋に入った。今度は料理法の相談をしている。

ここでわかったことだが、この漁村へ来て、一夕の宴を張ろうとする食道楽は、まず材料を自分で選んでおいてから料亭へ入るらしい。指定の材料は、同じく道を渡って料亭の勝手口へ直行する。

そして、料理の出来るまでは、客は麻雀を囲んで時間をつなぐらしく、窓際の席では善男善女が、ちいちいぱっぱと談笑しながら、御開帳中である。プラスチックの、下駄のような大きな牌《パイ》を使っているので、騒々しいこともこの上ないが、どの卓も、家族ぐるみらしくて、いかにも団欒《だんらん》のひとときの感がある。黒鯛は、蒸して、葱《ねぎ》やショウガの入った熱い油をジュンと掛けただけのものだが、実にウマかった。黒鯛あなどるべからずと云うことを教えられた。

その店で食べる料理は、海鮮料理という種類で、材料のイキのよさを活用した料理である。看板に、〔生猛海鮮〕と書いてあるのが、まさに看板通りで、私たちは海老や、赤貝を十分の一ほどに縮めたような貝の新鮮さに堪能した。東京でこれと同じことをやったら、えらいことになる。香港のその店の勘定は、東京の一人分に満たない。

同行の一人は、

「置屋で芸者の下検分をして、気に入ったのを座敷へ呼ぶシステムですな。実に理にかなってる」

と、感心した。

これは、或る有名な料理人から聞いた話だが、石を呑《の》む習性のある鯛がいて、腹を開くと、肛門のあたりから石が出ることがあるそうである。

瀬戸内でとれる鯛は、鳴門海峡や紀淡海峡の潮流を乗り切るときに、流れに揉《も》まれて、辛い旅をするらしい。その時に、体内のアブラが肛門から流れ出るのを防ぐために、石を呑んで自ら身体に栓をするのではないかと云う。

その話は、妙に印象に残っていて、いまだに半信半疑なのだが、川魚にも、石を呑むのがいるそうで、大雨で、川が氾濫《はんらん》しそうになると、石を呑んで、身体に重みをつけ、底に沈んで、なんとか押し流されないようにするのだと云う話もある。鯛が石を呑むのも、潮流に押し流されないための重石《おもし》かも知れないが、どっちにしても推測の域を出ないことは勿論である。相撲部屋の新弟子検査のときに、目方の足りない候補者は、水をガブ呑みして、ギリギリの線まで体重増加を計ると云うけれど、食べる目的以外に物を口にするのはさぞノド越しが悪かろう。鯛は石を呑み、人間はバリウムや胃鏡を呑むか。

雪の降っている頃に、金沢へ出掛けたことがある。立派な宿屋の立派な座敷に坐って、雪吊りをした松が、白くなって行くのを見ていると、色紙が出た。

辞退したけれども、先方の顔も立てなければならない。

雪を眺めながら思案していると、〔蕎麦《そば》花白キコト雪ノ如シ〕という漢詩の一行を、いい具合に思い出した。

これ幸いと云うやつである。

蕎麦の花の白さが、雪に似ているのなら、雪の白さが蕎麦の花に似ていても不思議はない。

そこで、澄ました顔で、〔雪白キコト蕎麦ノ花ノ如シ〕とひっくり返して、書いて渡してしまった。

のちのち誰かがそれを見て、無学者がいて、順序を取り違えたと嗤《わら》ったかも知れないが、そこまで気に病むことはない。

その宿屋で出された鯛がスゴかった。

静々と、いやに荘重に運ばれてきた器のなかを見て、正直なところびっくりした。

さしわたし尺余の大盃である。

かの母里《もり》太兵衛が、名槍日本号を呑みとったときの盃も、これほどではなかろうと云う大きさである。ほぼ、昔の金盥《かなだらい》に匹敵する広さの盃に、満々と酒が湛《たた》えてあって、そのなかに見事な鯛が一尾焼き目も美しく沈めてある。

荘重に運んできたのも道理で、恐しく重いし、ちょっとでも傾けたら酒が零《こぼ》れる。うやうやしくそれを捧げ持った給仕の女性が、一言、口上を述べたのだけれど、なにを云ったのか忘れてしまった。

一座で飲み廻すのが流儀らしくて、口をつけさせて貰ったら、熱燗《あつかん》の香と鯛の芳香が渾然《こんぜん》として、のぼせ上るほどである。四五人の一座だったけれど、二回廻って、かなり飲み残したと思う。中の鯛にも箸《はし》をつけさせて貰ったが、下戸の私にも、これはいける味だった。

寡聞にして、フグのヒレ酒くらいしか知らなかった私たちは、大いにそれを楽しませて貰ったが、いい気持に酔っ払ってしまった為に、肝心なその鯛のナントカの名前を失念してしまった。骨酒《こつざけ》と云ったような気もするし、骨蒸《こつむ》しだったような気もする。

あれの眼肉は、誰が食ったのかしらん。

サラダと人情

ヘミングウェイの小説『老人と海』のなかに、妙に記憶に残る部分がある。

文字通りの大魚らしいのを鉤《はり》にかけてから、それが初めて海面に姿を現わすまでの長い時間の描写のなかで、老漁夫が、多分鮪《まぐろ》だったと思うが、餌《えさ》用に釣っておいた魚を食べて、やがて来る筈《はず》の、魚との力くらべに備えるくだりである。

老漁夫は、片手で釣糸（というか、ロープというか）をしっかりと確保し、残る手でナイフを操って、手元の魚を切身にする。そして、その一片を頬張り、ゆっくりと食べる。味はもちろんない。せめて塩があればな、と老人は思うのだが、ある筈もない。

その、味もそっけもない魚肉を嚙みながら、老人は自分にいい聞かせるように呟《つぶや》く。

「力をつけておかなければ……」

この、力をつけておかなければ、という言葉には、次第に衰えつつある年齢の人間にしか解らない響きがある。

それを感じ取れるようになったということは、つまり私も、体力の衰えを実感しているということなのだが、それは仕方がない。何時までも往時の体力気力を保ち得ているような錯覚に囚《とら》われていたのでは、人生ちぐはぐになるばかりである。

ところで、この、力をつけておかなければ、という発想だが、これはどっちかといえば、気の弱りから来るのだろうと思う。

気が弱ってくると、世上いろいろにいわれているいましめの類が、妙に気になり始めるものである。

〔こうでなければならぬ〕〔こうしておかねばならぬ〕〔かくあってはならぬ〕等々、特に健康とか食事の分野でのこの種のいましめは厳格を極めていて、一歩でも踏みはずしたら、もう取返しがつかないような剣幕で、およそ情状酌量の余地とかお目こぼしというものがない。だから、私のように、幾分気がさしながらも、ついつい不摂生を重ねているような手合には、心の休まる暇がない。人間は受身になり始めると、どこまでもそうなり果てるものらしい。

特に、私には、ひとつの大きな弱点があって、これは健康を好んで口にする人たちの絶好の攻撃目標になる。

かりに、或る晩、この手の人たちの誰かと一緒に食事をしたとすると、彼は、目ざとく私の弱点を発見して、目を丸くする。

「サラダをあがらないんですか、あなた」

「はあ」

「ふうむ」

彼は、銀行の手違いを見つけた主婦のように、勝ち誇った目つきになる。

とりわけ出過ぎた男は、

「失礼」

と、私の前のサラダを取り上げて、

「頂いてよござんすか。もったいないですから……」

などと、パリパリと音を立てながら、兎のように私の分も平《たい》らげてしまう。

それだけにしておけばいいのに、ことさらに忠告をする男もいる。

「生野菜は、あがらなくちゃいけません。血液を清浄にし、弱アルカリ性を保つには、どうしても生野菜をあがらないと……」

お前の血はきっとどす黒く濁っていて、腐敗寸前であるに違いない、といいたげに、

私を見つめるのである。そして、うっとりと、

「私は新鮮な野菜が大好きでね。ひと山食べます」

と、おっしゃる。

「そりゃ、いいですなあ」

と、私は相槌《あいづち》を打つが、なに、実は、私だって生野菜は、ちっとも嫌いではないのである。

ただ、レストランとか、洋食屋で出される生野菜のサラダというものだけは食えない。

あれだけは、どうも手が出ない。

大方のレストランや洋食屋で出すサラダと称するものは、あれはなんなのだろう。かなり上等の料理を食べさせる店でも、かなり食えるサラダには、なかなかお目にかかることが出来ない。

血の気もないような白っぽいレタスに、匂いもないトマト、薄切りの玉葱《たまねぎ》かピーマンが乗った上から、得体の知れないドレッシングがかかって、水切りもなにもあったもんじゃないびしょびしょの、それでもサラダだろうか。グリーン・サラダ、ニース

風、シーザース・サラダなどと名前と材料が多少変っても、基本は変らず、まるでサラダの教科書に、手ぬきと投げやりと無感覚こそサラダの基礎なりと書いてあるんじゃないかと想像したくなるのが、私たちが日常お目にかかるサラダの現状なのである。

生野菜を食べなきゃいけませんだって……、冗談をいわないで下さい。

まず、食えるような生野菜を出して欲しいものだ。

サラダ作りの技術は、それから先のことである。まず土台がしっかりしてなくちゃ、蒟蒻《こんにゃく》の上に家を建てようというのと同じで、しっかりした家が出来上るわけがない。

私がすっかりサラダ嫌いになったのは、一にも二にも、外で食べるこの投げやりサラダのお蔭である。

なかんずく、サイド・サラダと称する添えもののサラダの情の無さときたら、大したものだ。世のなかで、これほど心のこもらない食いものというのも珍しい。

これだけ悪口を並べると、われながら立派なサラダ嫌いになったような気がする。レストランの生野菜サラダに手を触れたら、沽券《こけん》にかかわるような気にさえなってきた。

とはいうものの、私は昔からの野菜好き、野菜喰い、なのである。

トンカツ屋の生のキャベツは大好きだし、レストランでは温野菜を頼む。ちょっと気の利いた店では、野菜料理が何種類か出来るし、第一、家にいる時は、生野菜と果物を充分食べているから、ちっとも心配はいらない。

最近、用事でニュージーランドへ出かけたときは面白かった。

名だたる農業国だから、サラダもさぞウマかろうと楽しみにしていたのである。

名物のラムの料理を取って、ほかになにやかやと頼むと、ウェイトレスが、

「サラダはなにになさるか」

と聞く。

ドレッシングが、どこでも大てい、ヴィネグレットと、ブルー・ヴェインという当地産のブルー・チーズの入ったのと、フレンチ・ドレッシングと称するのと、その三通りである。

どれも一回ずつ頼んでみたけれど失望した。鉢のなかの野菜は日本と同じで、レタスとトマトその他で、初めは日本に修業に行ったコックではないかと思ったほどだ。野菜はさすがにいいのに、ドレッシングの味が、どれも論外である。それがたっぷりかかっていると、いい野菜でも、不思議や食えなくなるもので、サラダは、いい野菜と、上手に作ったドレッシングの両方とも重要であるということがよく解った。

それ以後は、もっぱら温野菜に切り替えて、サラダとは縁を切った。温野菜は、クックド・ヴェジタブルといえば通じる。なかでもジャガ芋《いも》は秀逸で、毎度ウマかったが、一度、肉の皿に添えてあったジャケッテッド・ポテト（皮つきの焼きジャガ芋）のウマさは格別といってよかった。

生野菜嫌いは、やはり、中年以後の男に多いようである。

酢のものやヌタは食べられるが、どうもマヨネーズやフレンチ・ドレッシングの味は、という仁は、やっぱり年かさで、マヨネーズをにょろにょろとかけた家庭サラダで育った若い人たちは、あの水っぽいレタス・サラダに目がない。

しかし、生野菜が食べ辛いといっても、方法がないわけではない。

たとえば、レタスだが、マヨネーズ嫌いには、こんな食べかたがある。

ベーコンを細切れにして、フライパンでよく焼くと、ご存じのように、大量の油が出る。それを、よく水切りしたレタスにかけると、烈しい音がして、レタスの葉が、半孵《はんがえ》りのような状態になる。そこへレモンを軽くしたたらせて、レモンの香と、ベーコンの油っ気と塩気で食べるわけだが、これはマヨネーズ嫌いに受ける味である。

だいたいレタスは、バター炒《いた》めにしてもいいし、煮込んでも面白い味になる。もともと大した栄養価もヴィタミンもない野菜だから、生で食べなくとも、別にどうということもない。

最近、サラダを頼まなくなったせいか、目にする機会がなくなったが、目の前でドレッシングを作って貰《もら》うのは、いい気持のものである。テーブルの横に一式をのせたワゴンを持ってきて、いかにも経験を積んだと思われるウェイターが、慎重に油と酢の分量を計る。よほど難しいカクテルを作るような顔でその二つを皿に注ぎ、やおらフォークを構え直して、それを微妙に震わせ、皿の中に油と酢の漣《さざなみ》を立てはじめる。

その手つきや表情は、ひどく大時代で、いい加減にしたらどうかといいたくならないでもないが、それでもクレープを焼いたりする派手な作業にくらべれば、はるかに典雅かつ優美で嬉しいものである。

また、そうして作って貰ったドレッシングは、確かにドレッシングらしい風味を持っていて、出来合いのやつを壜《びん》から振りかけるのとは違う。悠長といえば悠長だが、サラダをウマく食わせるためには、やはりそれ位の丹念さが必要なのである。出来合いのドレッシングでサラダを食べようなどとするところから、すでにウマいサラダを食べる道は閉じられてしまっていると考えていい。

さらに、……ここでちょっと話が飛躍するのだが……サラダという料理は、その国の国民性や、文化水準を示す恰好《かっこう》のバロメーターである、という珍説さえある。

それを力説するのは、或る外国人で、彼のいうところによれば、こうである。

「だいたいね、サラダに使う野菜は、世界中似たり寄ったりです。それをくらべれば、その国の農業のレヴェルわかりますね。レタスくらべれば、農業の質の高さわかるね」

「それは弱いなあ。日本の野菜は、農作物じゃなくなってるんでね。むしろ工業製品なんだよね。味より効率の方が問題なんだ」

「それは、農民と消費者の意識の低さから来ている問題ね。つまり農業のレヴェル低いということよ」

「そう一概にもいえないと思うがねえ」

「そうでないね。ヨイ農作物は、農民個人の意識の高さから生れるのよ。それ以外にないね」

「ふうん。それでは、野菜の味については一歩を譲るとしてだな、作るほうの技術はどうなんだい」

「サラダの急所はですね。水切りとドレッシングね。水切りには、はっきり国民性が出るね」

「どう出るかね」

「フランス人見なさい。徹底してるね。目の玉が寄るほど、夢中で水切りをするね。最後の一滴まで振り飛ばすよ。食べるということに、異常なくらい執着する。これは行き過ぎという見方もあるね」

「日本人はどうかな」

「中途半端ね。ドレッシングの作りかたについてもいえるね。ドレッシングはエスプリね。切れ味よ」

口惜《くや》しいかな、私はまだ、そんなすばらしいサラダにお目にかかったことがないので、なんともいえない。

じゃがいも畑のじゃがいも作り

中学校へ入ると、園芸の時間というのがあった。

学校所有の農場が、多摩川べりにあって、そこまで出掛けるのである。

園芸といっても、盆栽を仕立てたり、バラを咲かせたりする訳ではなくて、れっきとした農作業である。盆栽や、バラの栽培を、その頃から手ほどきして貰っていたら、来るべき老後の為に大いに役立つのだが、まだ中学のことだから、とてもそこまでの教育はしてくれない。

それでも、鍬《くわ》やシャベル、ホークやレーキの扱いも覚え、堆肥《たいひ》の作りかたや、施肥の要領まで、一応のことは出来るようになったのだから、学校というのは有難いものである。

園芸の時間は、午後と決っていて、その課業が終ると現地解散になる。

校庭に集って、出席を取ったあと、三々五々、電車に乗って出掛ける。農業は、目蒲線の鵜の木という駅で下りた先だった。

農場へ着く頃には、少し人数が減っている。

今ならば、スクール・バスのような便利なものがあって、まとめて運べるのだが、なにせ昔のことだから、そうも行かない。途中の乗り換えなどの間に、少しずつ落ちこぼれて、蒸発してしまう。腕白盛りで、中学生のなり立てときているから、逃げ出したりするのが面白くてしようがないのである。園芸の先生は、そういう新米中学生の心理に通暁しているようで、別段のお咎《とが》めもなかったような気がする。

農場のある場所は、多摩川のこっち岸だから、われわれの行く時間には、いつも西日が射していて、川の水が、逆光できらきら光っていた。その逆光の具合や、白く埃《ほこり》っぽい道路の凹凸は、今でも妙に憶えている。

作物のほとんどは、じゃがいもだった。素人が作っても、なんとか出来るからだろう。

収穫期を待つのは、なかなか楽しみだった。

型は小さくても、根元の土のなかを探ると結構沢山のいもが、次々とあらわれる。それは、町なかで育ったわれわれの目には、新鮮な光景だった。見守る園芸の先生も、この日は、いささか嬉しげな表情である。山のように穫れたじゃがいもも、全員で分配すると、一人分はごくささやかな量になったが、それでも種いもの根付けから手塩に掛けただけに、それなりの感慨はあった。

大半の生徒は、まだ泥んこ遊びが面白いのだが、なかには、手をよごすのを嫌うのもいた。靴のなかが泥だらけになったり、汗をかいたりするのが厭《いや》なのである。顔を顰《しか》めて、

「じゃがいもなんか作って、どこが面白いんだろうねえ……」

と呟いたりする。

しかし、幸か不幸か、この多摩川農場で習得した農事知識は、たちまち毎日の役に立つことになった。

戦争が激化し、食糧難の影が、そろそろ日常生活の上に忍び寄って来たからである。そして、誰も彼もが、鍬やシャベルを手にして、庭の芝生や、空地を掘り起し始めた。

今、大人たちが寄り集ったときの雑談の話題は病気だけれど、戦争中、食物にこと欠いた時代には、いわゆる成人病は、ほとんど影をひそめてしまったようだ。特に、胃病は、今にくらべると皆無といっていいくらい少く、歯を悪くする人も、ずっと減

ったそうである。

とにかく、戦争中は、病気の話なぞ、とても話題にならなかったようで、人々は、その代りに、なんの話をしていたかというと、種いもの切り方や、かぼちゃの芽のかき方などに就《つい》て、今日われわれが、肝臓検査の結果やコレステロール値に就て語り合う以上の熱心さで蘊蓄《うんちく》を傾け合っていたのだから面白い。

戦中戦後の食糧難が、やっと遠ざかるにつれて、俄然《がぜん》下落してしまったのは、いもとかぼちゃの価値である。

「もう、あれだけは喰いたくない」

という気持も解らないでもないが、あれだけ世話になったくせに、薄情なものだ。

ところが、近頃になって、健康雑誌などに、〔じゃがいもを多食する民族は栄える〕とか〔じゃがいもは、いちばん手近な健康食品〕とかいう記事が載り始めた。健康にいいとなれば、目がないのが、今のご時勢だから、じゃがいもの復権は、まず間違いない。一方かぼちゃの方も、有色野菜としての価値は太鼓判を押されているから、サツマイモも加えて、いもとかぼちゃは、晴れて帰参が叶《かな》いそうである。

じゃがいもを大量に喰うので有名なのはドイツ人だが、南太平洋の島に住む有色人種の連中も、いも喰い人種で、こっちはタロいもとかヤムいもとかいうようないもを大量に食べる。その両方に共通することは、恐しく体格がよくて、体力があることだ。いも力というのは、バカに出来ないのである。

タロいもやヤムいもの味はわからないが、ドイツのじゃがいもは、世界に冠たるものであるらしい。

戦後、まだ日も浅い頃、私のいた文筆家のグループが、ビール会社の宣伝を頼まれたことがある。新聞に毎日小咄《こばなし》を連載したり、電車の中吊り広告に、ビールやサイダーの字を織り込んだパズルを出したり、当時としては、目新しいやりかたで、宣伝にこれつとめた。その頃覚えたことに、ミュンヘンと札幌とミルウォーキーは、ほぼ同じ緯度の上に位置していて、それが、世界でも最良のビールを産出する土地だという知識がある。

なぜ、そのあたりがビールに良いのかというと、良いホップが出来るからなのだが、その緯度は、今考えてみると、ウマいじゃがいもを産出する線でもある。ドイツと北海道は知られているが、アメリカのそのあたりも、恐らくウマいじゃがいもの産地であるような気がする。

旧満州、中国東北部も、じゃがいもの名産地だそうで、ここのいもは、紫色の皮で、なかは濃いクリーム色だという。これを、ペチカの熱い灰に埋めて焼くと、

「そのおいしさときたら、全くこたえられないわよ」

と、話してくれた女性は、今にも涎《よだれ》を垂らさんばかりだった。

鎌倉の海岸に古くからあるドイツ料理屋へ、何度か行ったことがあるが、実は売りもののアイスバインより、つけ合せのじゃがいもが魅力だった。薄切りにしたやつを炒《いた》め焼きにしただけのものだが、じゃがいもの匂いがぷんぷんして、狐色に焦げたところなんかが特にウマい。大皿の端に山のようについてくるんだけれど、つい平げてしまう。日本産のじゃがいもだが、やっぱりドイツ人は、じゃがいもの選び方も扱うコツもよく知っているのだろうと思った。

知合いの医者は、ドイツで修業をした人だが、向うで暮しているうちに、すっかりじゃがいも喰いになって、これは医学的に価値を認めたせいもあるのだが、今でも、日に一度は必ずじゃがいもの料理を献立のなかに加えるのを忘れない。その効果かどうか知らないが、そのお医者さんは、見るからに健康そのもので、色艶なぞは、まさに美術品といってもいいくらいである。お医者という職業は特に見た目がだいじで、一見して頼り甲斐のありそうな印象があれば、病気の治り具合も違ってくるだろうと思うけれど、どうかしらん。

私がここでじゃがいもの効能をいくら説いても、あまり説得力はないけれど、なんならそのお医者さんを御紹介したいものだ。彼がその知的かつ健康的な顔を輝かせて、じゃがいもを食べることの意義と、その卓越した効果に就て整然たる理論を展開すれば、誰だって、じゃがいもを喰わなければ損だという気分になることは間違いない。

さて、そのじゃがいもの喰いかたには、いろいろとあって、そうなると、もう好きずきというしかない。

同じ焼くにしても、前記の女性のように、ペチカの灰でなければという人もいるし、いや、石炭の灰では駄目で、なにがしの木の薪《まき》を使うと、香ばしさが数等違うと主張する人もある。

特に根強い人気を持っているのは、いもコロッケで、ご存じのように、いもと玉ネギと挽き肉から成り立っているやつだ。

このいもコロッケ党にいわせると、クリーム・コロッケみたいなすかした代物なんか可笑《おか》しくって……ということになるのだが、これは少々感情論で、もともとあまりくらべるものではなさそうだ。クリーム・コロッケの、割ればトロリと流れ出すあれはあれで、ときには、ぞくぞくするようなウマいのがある。

一方、いもコロッケも、また、わるくない。

揚げ立ては、もちろんだが、冷めたやつをじっくりと、アツアツに焼き直したのも、一種の風格というか情緒がある。これが、いもコロッケの通になると、なかなか好みが難しくなってきて、トマト・ケチャップを少しゆるめて、それで、さっと煮るという人もいる。同じ方法を、ウスター・ソースでやるという派もあって、その出来上りというと、かなりの惨状である。見た目ほどにマズくはないけれども、とても、当人たちが自慢するように、

「これを喰ったら、やめられなくなる」

なんてことはない。

そのほかにも、いもコロッケ通の推奨する食べ方がないではないのだが、通もそこまでくると、一種の変態みたいなもので、あまり書く勇気がない。私などは、やっぱりいもコロッケは揚げ立てに限るような気がする。

コロッケのほかに、フレンチ・フライド・ポテトとか、じゃがいものスフレとか、じゃがいもはいろいろ形を変えて化けるのが上手だが、そのうちでも変り種は、さしみのツマとか、中国料理に使われるじゃがいもの籠だろう。

さしみのツマの方は、じゃがいもを、うんと細く長く、冷麦のように作って、それを水でさらす。さらしているうちに、澱粉とかアクがどんどん流れてしまって、白く

てしゃきしゃきした得体の知れない繊維になってしまう。歯あたりだけのものだが、大根とはちょっと変っていて面白い。

もう一つの籠の方も、細く作ったじゃがいもで籠を編むのである。ソバで作ることもあるが、編むというより、籠状に丹念に重ねて置いて、二つの入れものの間にはさんで、形が崩れないようにして、油で揚げる。ぱりぱりに揚げてから、挟んである入れものを取ると、ちゃんと籠が出来ている。まあワッフルを焼くとか、鋳物を鋳るようなものである。このなかに炒めものとか、ほかの料理を盛りつけて、本物の皿に乗せて出してくるけれど、これを崩して段々喰ってしまうのも楽しみなものだが、意外にしっかり出来ていて、崩すのにコツがいる。

変り種といえば、ヴィシソワーズも、そのなかに入れていいかも知れない。要するに、じゃがいもの冷たいスープである。じゃがいもといっても、口当りがいいから、どんどん入って行ってしまう。

冷たくしたスープは、とても好きだけれど、さて、レストランで、これがメニューにあると、しばらく迷う。冷たくしたコンソメと、ヴィシソワーズの両方があると、一層迷いは甚しくなる。

冷たいスープを試みるのは、やはりひとつの冒険という思いがある。うっかりすると、はずれて後悔の臍《ほぞ》を嚙むことになる。熱いスープなら、その熱さでなんとか食べてしまうということもあるが、冷たいと、そうは行かない。

その危険は、コンソメにも、ヴィシソワーズにもある。

喰いたいという気持もあり、どっちを選ぶべきかという迷いもあり、やめた方が無難ではないかという囁《ささや》きも、どこかから聞えてくるような気がする。

メニューを睨《にら》んだまま唸《うな》っている間、ウェイターは、なにを迷っているのかと迷惑げな様子だが、こっちは、味を心配しているのである。その心配の度合を、そのままうまく伝える方法があったらいいのだが、露骨に、

「大丈夫かい」

とも聞けないではないか。聞いたところで、

「あまり自信はございませんが」

とも答えられないところである。

私はどうも賭け事に興味がなくて、全然やらないが、レストランでは、賭けない訳に行かない。たまには当てることもあるけれど、たいていは外れる。思い込みが強すぎるのかもしれないと思うこともあるけれど、腹が減っているときは、どうも冷静さを失うものである。第一、ものを喰いに行くときに、ひとまず腹ごしらえをしてから

出掛けるというほど行き届いた人間ではない。

そうそう、これだけは書きたいと思っていたことを、忘れるところだった。

じゃがいもの、いちばんの楽しみは、新じゃがの季節にあるのではないか。

バターで炒めた、あの小さな粒つぶもいいが、どういう風にして食べようか、と聞かれれば、私はやっぱり、薄味にさっと煮たのの、冷たくなったやつが好きです。

天ぷら盛衰記

戦争の頃までは、天ぷら学生というのがよくいた。

私は中学生のときから、勤労動員というやつで、工場へ通っていたが、そこの工員にも天ぷらの常習者がいた。

その男は施盤工で、私たちよりはかなり年長だった。根っからの工員なのだが、年恰好《かっこう》だけは丁度大学生である。人の好い半面、ひどくむら気のところがあって、少々つき合い難かった。

或る晩、仕事を終えて、級友と、渋谷の駅に降りると、

「おい、おい」

と、呼びとめるやつがいる。

見馴《みな》れない大学生で、いかにも柄が悪い。

物蔭の方へ誘おうとするので、用心しながらよくよく見ると、どうも覚えのある顔である。

「おれだよ。おれ」

と、目くばせなんかして見せる。

そこで、やっと気がついたのだが、同時に感心もした。なんの油だか知らないが、テカテカに塗りこんで革のようになった角帽をかぶり、詰め襟《えり》の学生服を着込んだ姿は、まずどこかの私大の不良学生である。

彼は、私たちが、その化けっ振りの見事さに感心しているのを見て、満足気にうなずき、

「黙っててくれよな、うん」

と、莨《たばこ》の煙を天へ吹きあげた。

その手の、天ぷら学生は、あちこちの盛り場によくいた。なぜ天ぷらかというと、大学生のコロモで胡麻化《ごまか》しているからだろうと思う。

私の知っている天ぷら学生のなかには、当時もう三十を過ぎた男もいた。偽物もその位になると一種の風格を帯びてくる。随分堂々とした巨漢で、渋谷界隈では、かなり顔の売れた不良だったが、やはり本物の大学生とはつき合わなかったようである。

彼の方から一線を劃《かく》していたのだろう。

昔の人は金メッキや銀メッキの時計や装飾品などを、天ぷらといって卑《いや》しめたものだが、いつかそれも古めかしい表現になり、天ぷら大学生の方も、制服制帽がすたれた今では、もう、すっかりになってしまったようである。その工員は、もっぱらその学生服姿で、不良女学生をだましたり、悪所通いをするのが楽しかったらしい。

その日からあと、彼は、急に私たちに気を許すようになって、ときたま遊びに行く洲崎とか大森海岸あたりの娼婦の話などを、微に入り、細を穿《うが》って披露するのであった。

お蔭で、私たちは随分耳学問をしたが、今になって考えてみると、かなり調子のいい出まかせも混っていたようである。

かねがね私が思うことのひとつに、震災前の東京で青春時代を過してみたかったというのがある。

これを、或る年長者に話したところが、その人は笑って、

「いや、やっぱり明治がよかありませんか。大正の人は、よく、そう云いますよ」

といった。

いつの時代でも、昔はなつかしく、いいものに違いないが、私が震災前の東京に特に惹《ひ》かれるには、些少《さしょう》の理由がある。

それは、鰻《うなぎ》とか、鮨《すし》、天ぷらなどの、東京人の好物が、この時代にいちばんウマかったのではないかという推測からなのである。

推測というより、臆測というべきかも知れない。

しかし、なんとなく、そういう匂いがする。

震災前といえば、いわゆる江戸前の魚が、まだ健在であった筈《はず》である。

東京の味、というものは、特に取立てていうほどの高級魚ではなく、また種類も限られてはいるが、目の前で獲れる新鮮な魚で成り立っていた。東京そのものが、漁師町と同じ条件を備え、それを享受していたわけで、今でこそ稀《まれ》になったが、私の憶えている限りでも、銀座は鷗《かもめ》が飛び、そして汐の香のする街だった。

その獲れ立ての蝦《えび》や穴子、鱚《きす》や鯊《はぜ》をタネにした天ぷらなどは、どう考えてもウマいだろうという気がする。冷凍などという次善の策のない頃だから、鮮度には随分気をつかいもし、また、客の方もうるさかったろう。

もし、S・F小説まがいに、時間を超越して旅行出来る機械が出来て、どうぞお好きな時代にお好きなテーマで御旅行なさって下さい、などといわれることがあったら、私は、まず、ささやかに、〔大正の東京食べ歩き〕というのに参加したいと思う。もっとも、震災直後なんてことになると、これは大変で、ぜひ震災前でなければ困る。折角そういう機械が出来たのなら、数千年を遡《さかのぼ》って、ぜひ、ヒミコという女の顔を見てみたい、とか、紫式部から源氏物語の講義を聞くとか、弓削道鏡と一緒に風呂に入るとか、いろいろのツアーが組まれるだろうが、私はさしあたって僅々《きんきん》数十年を遡るだけで結構である。

出来れば浴衣がけで、震災前の東京の、まだ江戸の名残りをかすかにとどめた町並みを、人混みに紛れて、こころゆくまで歩き、疲れれば、当時の食いもの談義に名をあげられた天ぷら屋の暖簾《のれん》などを押してみたいものだ。そして、揚げ立ての天ぷらに舌鼓を打ちながら、隣の客の大正言葉に耳を傾けていたら、これは、単なる旅情以上の、胸せまるものに違いない。

私がこんなふうにこだわるのは、自分が、日本天麩羅《てんぷら》史の上で、最悪の時期を経験しているからで、不幸なことに、この時期は、私の青春期とかち合っている。

その期間に、私は全く素性の知れない油で揚げた得体の知れない天ぷら状のものを食べさせられていたので、天ぷらの真の味などわかるわけがなかった。ツーンとアンモニア臭が鼻をつく鮫《さめ》の天ぷらは、まだ鮫とわかるだけでも上等の方である。油の方も、遂には機械油にまで落ちたが、日頃、工場でその臭気には馴《な》れていても、天ぷらとなるとまた格別で、とうとう眺めただけで、箸《はし》はつけずに終った。今となってみれば、話の種に、ひと口でも食べておけばよかったと思うが、なにせ不気味で、とても後世のことなどおもんぱかる余裕なんかありはしなかった。

いったいに、天ぷらの味覚というものは、大人のもののようである。学生や、子供向きのものではない。

「なにか御馳走してやる。どこへ連れてってやろうか」

と聞かれて、

「テンプラ屋がいい」

と答える子供は、だいたいに於て、いない。

子供の頃、私は弱かった。

弱いから、匂いに敏感で、油の匂いを嗅《か》ぐと、それだけでげんなりした。ガソリンにも弱くて、タクシーに乗せられると閉口した。たちまち酔ってしまう。車に乗って中華料理を食べに行くことになったりすると、出かける前から憂鬱《ゆううつ》だった。それが変れば変るもので、中学へ上る頃から、どんどん丈夫になってきた。天ぷらでも中華料理でもガソリンでも、なんでも御座れという程になった時に、天ぷらもガソリンも無くなってしまったのは皮肉である。

思うに、男が天ぷらの味を覚えるのは、酒の味を知り、女の味を知り、という頃のようである。就職をして、自分で金を稼ぐようにならないと、やっぱりものの味も身にしみてはこないらしい。学生の頃のは、どうしても空論でしかない。いっぱしの口を叩いてみても、所詮《しょせん》、身ぜにを切って覚えたものとは違う。身につかないところは隠せない。

私がやっと金を稼ぐようになった時に、世間の方はまだ立ち直っていなかった。いくらか小遣銭を持つようになっても、私の方も、まだ得体の知れない天ぷらのショックから立ち直るまでになっていない。

やっとその後遺症が薄らいで、どれ、たまには天ぷらでも、という気になるまでに、それから十年近く掛っている。

それくらい掛って、ようやく、天ぷらを食べてみようという気持が起きて、恐るおそる人に連れて行って貰《もら》った。

それまでロクな天ぷらを食べていなかったから当然だが、実にウマかったので驚いた。

天ぷらがそれ程ウマいものだとは思っていなかったから驚いたのである。蝦もウマかったが、それ以上に、穴子や鱚がウマかった。油もさらっとしたやつで、それまで私の記憶にあったのとは違っていた。その天ぷら屋は、天ぷらをなるべく軽く喰わせようという揚げかたで、よくいわれる東京風とは多少異っているのだ、と、連れて行ってくれた人が教えてくれたが、外の天ぷらを食べつけていなかった私には、それが馴染み易かったのかも知れないと思う。

そんな具合に、私は、天ぷら盛衰記の衰の部を身をもって歩んだあげく、三十近くなって、やっと天ぷららしいものを味わったわけである。こと天ぷらに関しては、われながら悪い星の下に生れたものだと歎かざるを得ない。

その後、旧江戸前の海に、網舟を出して、一夕の宴を張ったことがある。旧制中学の同窓の集まりで、なにか気の利《き》いた席を設けようと肝煎《きもい》りの男が頭をひねったあげく、季節も良し、いっそ水の上へ出ちまえということになったらしい。仲間に魚河岸の問屋の倅《せがれ》がいて、それが手筈をしてくれて出船となった。

夕方に出て、まだ日の残っている水の上へ乗り出して行くと、東京湾といえども、さすがに海である。思ったより広々として、いやな匂いもせず、なるほど、このあたりでもまだこんな楽しみが味わえるのかと、下町不案内の私などは、随分感心したものである。

折柄の凪《な》ぎで、舟を停めたあたりは、舟を揺する波もない。

船頭は、鮮やかな手さばきで、段々と薄墨色になってくる水に投網《とあみ》を打ってみせる。

全くもって、悪くない趣向で、客は大喜びである。

「投網とはオツですな」

「僕も習いたいもんだ」

「噺《はなし》に出てきそうな情景じゃありませんか」

喜んで見ているが、網のなかは、いくらのぞき込んでも、毎度からっぽなのである。

「大丈夫なのかね」

「魚は、いませんよ」

段々心配になってくる。

酒は出ているが、この分では、いつになったら飯になるのか解らない。

船頭は相変らずきれいなフォームで、網を打っている。

腰がきれいに入ると、網がふわっと風をはらんだようにふくらみ、仕込んだ錘《おもり》が、同時に水面を打って、無数の小さなしぶきをあげる。

「今度は入ったかね」

「いませんね、依然として」

さんざ気を揉《も》ませておいて、船頭は、網を仕舞い始める。そして、舟底の生け簀《す》の蓋を払うと、そこには、いることいること、蝦を筆頭に、生きのいいタネが、ぴんぴんと跳ねている。

「なあんだ、そうか、そういう仕掛か」

驚く方が間が抜けているので、考えてみれば当り前である。今どき東京湾で、必死になって網を打って、みんなの喰い分を揃《そろ》えようとしたらこれはたいへんな仕事だ。網を打ってみせるのは、雰囲気を盛り上げる為のショウなのである。その仕掛を知っている連中は、他が気を揉むのを楽しむわけで、これもまた遊びのうちらしい。

やがて、船頭は油の鍋を火に掛けて、天ぷらを揚げ始める。酒は廻るし、そのうちに月が上ったかどうか覚えがないが、とにかく一同大満足だったことは確かで、肝煎りさんは大いに面目を施した。

料理の手際こそ大ざっぱだが、やはりその夜の天ぷらはウマかった。海の気で、胸がひらけたせいもあるだろうが、とにかく場所がいい。江戸前の海で天ぷらを食べるなんざ、こりゃ本筋も最たるもんだね、と、その夜の帰りみちで、誰かが呟いたもんである。

それも、もう二タ昔のことになったが、網舟はまだ健在であるらしい。

そろそろ、また網舟を催して、お互いの頭の薄さなどを較べたりしたいと思う。

ついては、天ぷらや酒を医師から禁じられている男の有無を調べたりしなくてはいけない。

仲間も、誰もが年を取ってくると、気を遣うことが多い。

丸にうの字

信州の、へんぴな湖に、ひと月あまり居続けたことがある。

小さな宿だが、湖に面している。庭先に船着場があり、気が向けば、いつでもボートで漕ぎ出せるのがよかった。

宿が何軒か並んでいるのに、妙にひっそりしていて、湖の上を漕ぎ廻ったり、釣糸を垂れたりするのは、ほとんど私一人だけだった。

東京から来た私には、たいへん気分がいい。

日曜になると、近所の町から何人かの若者が遊びに来たが、それも日のあるうちだけで、夕方には姿を消した。

人の気が無いのは、ツユどきという季節のせいなのだが、運よくその年は、三日と降り続くこともなく、溜息《ためいき》をつきたくなるような美しい日に恵まれた。

雨の日もまたよかった。

降るとも見えぬほどの糠雨《ぬかあめ》のなかで、これまた動くとも見えぬ水に対して釣糸を垂れていると、われながら画中の人となった心地がする。こんな日には、とりわけ鮒《ふな》の食いが立つことがあって、次々と魚信《あたり》が釣人の胸をふるわせる。鈍い色の水のなかから、きらきら光る魚体が現われて、快い手応えと共に、手もとへやってくる。そして一時間とたたぬ間に、バケツは釣果《ちょうか》であふれた。

何日かおきに、宿の息子が、私を鰻取りに誘った。私より五つ六つ年上で、その頃二十五六だったろうか、彼の鰻取りは、延縄《はえなわ》を使うのである。二三米ごとに枝糸が出ていて、その先の鉤《はり》に太い蚯蚓《みみず》をぶら下げる。私にボートを漕がせて、彼は、百米の余もあるその頑丈な糸を、湖の要所へ沈めて廻るのである。

一夜明けて、揚げに行ってみると、いつも、太いやつが五六匹はかかっていた。古い手摺《てす》りの棒みたいに太くて、安い羊羹《ようかん》のような色をしている。たいへん気味が悪いが、すぐ馴《な》れて、鉤からはずすのも苦にならなくなった。

初めて鰻を揚げに行った日の昼めしに、丼《どんぶり》が出た。丼といっても、白地に藍をちょっとなすった程度の、ひと山いくらという手である。なにげなく蓋を払うと、鰻丼だった。

早速化けて出たな、と思ったが、その簡素な眺めに、あらためて感心した。マッチ箱をふたつ並べたほどの鰻が、飯の山の上にひっそりと乗っている。タレの色が見えないので、鰻をつまみ上げてみると、その下の飯だけが、僅《わず》かに色がついていた。

客はいつも私一人だから、いつの間にか、台所で、一緒に飯を食うようになっていた。

主人夫婦と、息子が二人、それで全部である。家族だけで、女中なんかいない。夏の、忙しい時だけ、近在の娘たちを頼むのだそうで、色っぽくないこと夥《おびただ》しい。私が、その鰻の大きさに驚いているそばで、一家四人は、実にウマそうに丼をかき込んでいる。その様子からすると、この家の鰻丼の鰻の大きさは、代々二寸四方と決っていて、それ以上は烏滸《おこ》の沙汰《さた》と信じて疑わないように見える。

そこで、私も諦《あきら》めて、泣く泣くそれに従うことにしたのだが、驚いたことに、翌日の昼めしも、その翌日も、ずっと鰻丼が続いた。

鰻攻めに会ったというと、随分景気がよさそうに聞えるけれど、毎度二寸四方では、とても食い飽きるというわけにはいかない。

それどころか、なんとか飯の上を覆いつくすくらいの鰻が食べたいと思い悩むようになった。

その思いが昂じて、とうとう、或る日、近くの町までバスにゆられて出た。町といっても、百米も歩けば突きぬけてしまう小さな町の食堂で、特別に誂《あつら》えた肝吸い付きの鰻丼は、さすがに見事だった。久し振りに、飯の上を覆いつくして、蓋から尻尾がはみ出すほどの、大ぶりな鰻を食い、余勢を駆って二三軒先の喫茶店で珈琲《コーヒー》を奢《おご》って、私はやっと堪能した。

かれこれ三十年も前の話で、その頃の手帖を見ると、毎日食ったものが記してある。昼めしは丸に、う、とだけ書いてあって、恐るべし、ほぼひと月に近い鰻攻めである。それも、自分で獲った鰻や鮒に攻められたのだから、宿賃が安かったのも当然のような気がする。

鰻は丈も長いが、焼けてくる迄《まで》も長い。

客の顔を見てから割《さ》くような店でないと、やはり鰻を食べた気にはならないし、そういううちなら大枚を払うことになるから、焼けてくる迄の時間をゆっくり楽しみたい。

その為には、梅雨の合い間の、今頃などが、思いがけず、いいのである。

土用の丑《うし》の日近辺は、客が立て混むし、店の方も、なんとなく浮き足立ってくる。

むしろ、客足も遠く、日永をかこつ今時分、それも、まだ日の色が残っている時間がいい。

梅雨うちなら、鰻屋の白暖簾《のれん》も、目を射るほどに眩《まぶ》しくなく、打ち直したばかりの水で、たたきも、ささやかな植込みも、すがすがしい濡れ色である。

薄暗い店の、ひんやりした空気のなかに坐って、漸《ようや》くその暗さに目が馴れる頃に、お絞りとお茶がくる。

いったいに、鰻屋は、黒く煤《すす》けている方が趣きが深い。煤けているようで、よく拭《ふ》き込んであって、木口はそれほど良くなくとも、ぴかぴか光っているようなら、雅致に於て欠けるものではない。

鰻屋も焼鳥屋も、匂いで客を釣る商売だが、鰻屋は、誘い込んだ客を、長いこと待たせねばならない。

気の短かい江戸っ子も、鰻だけは長いこと待たなければならなかったわけで、待たせておくには、鰻屋の方だって随分気を遣ったに違いない。

鰻屋の漬物がウマいというのも、その間をつなぐ工夫からだろうと思われる。

昔の客は、このお新香で酒を飲みながら鰻が焼けてくるのを待ったそうで、ウマいお新香を漬けるために、どこの鰻屋も苦心をしたのだと聞いている。

肝焼きがあれば、これまた酒によし。

私は、から下戸の方だが、肝焼きの、あの苦味を味わいながら、連れの徳利から猪口に一二杯の酒を盗むのもいいと思う。

白焼き、また然り。

酒の飲めないたちというのは、まったく因果なものだと口惜《くや》しいが、人によっては、果報者だというのもいる。あえて逆らう気はないけれど、ナントカ買いと酒に関しては、あまり果報者でありたくない気がするが、どんなものだろう。

今どきは、まだ開け放った先の、狭っ苦しい庭から、ひんやりした風が入ってくる。入り組んだ露地を通り、家と家の間の何寸という狭間をすり抜けてきた有難い風である。それでもかすかに、青葉と土の匂いを帯びていて、これも御馳走のひとつなのである。

微醺《びくん》を帯び、満ち足りた思いでおもてへ出ると、暮れがたの空が、それでも明るく感じられる。してみると、店のなかは、もっと暗かったのである。

目が馴れていれば、暗いとは感じないもので、考えてみれば、私たちが育った頃の家は、どこの家でも、中廊下や玄関はたいてい暗く、その暗さが、冷えびえとした落着きのある空気を醸《かも》していた。

暗さと翳《かげ》は、私たちが失ってしまった大きなもののひとつだと、私は、よく考えることがある。隅から隅まで柔かな照明の行き届いた室内は、却《かえ》って不気味なもので、私は、そういう類の近頃の座敷に入れられると、段々と気が滅入ってくる。どっちを向いても妙に明るくて、なんだか方角を失った旅人のように途方に暮れてしまうのである。

そんなふうに、明るい部屋に閉じ込められて物を食わされても、気が閉じたままだから、うまいとは感じられない。

外国の一流レストランで、照明を暗くしてあるところが多い、という話を聞いたときはなるほどと思った。暗くするという理由のひとつは、顧客がどうしても年輩の金持が多いので、その夫人である婆さん連の顔や手の皺《しわ》を目立たせない為なのだが、味という点でも、照明は暗く、室温も高からず低からずというのが心得ごとなのだという。だいたい、人間の感覚は、お互いに補いあうものだから、暗ければ自然に嗅覚《きゅうかく》や味覚がより鋭敏に働いて、御馳走を十二分に味わうことが出来るのかも知れない。

そう考えてみると、私が、薄暗い、古色蒼然とした食い物屋を好むということにも、なんだかウマい理屈がつきそうである。

鰻屋と蕎麦屋《そば》と鮨屋《すし》には、それぞれ贔屓客《ひいき》がついていて、贔屓の店の優劣ということになると、これはプロ野球以上に白熱化する。

「まあ、公平なところJだろうね」

と、一人があまり公平とはいえない意見を述べれば、たちまち、

「Jの鰻なんか食えるかい。Nですよ」

と、もう一人が断言する。

一方では、有名店嫌い、小店専門がいて、

「どっちもどっちだね。鰻の味ってのは案外小さな店に限るもんで、君等、一度Qで食って見給え。驚くぜ」

と、我が田に水を引く。

どっちにしても水掛論だから、黒白がつくわけのものではないし、いつ果てるものでもない。話の種に困ったときは、鰻屋から始まって、鰻屋、蕎麦屋とやれば軽く小半日は潰れるし、腹も減る。とどのつまりは、

「なんかウマいものが食いたくなったな。なんでもいいや」

などと異口同音でチョン、他愛がないが、これも大人の楽しみのひとつかも知れない。

たとえば、九州柳河のせいろ蒸し、あの錦糸玉子の黄も鮮やかな、湯気に噎《む》せっかえりそうなのも珍しいし、名古屋のIで出すような飯と鰻が混沌として、まさに鰻めしといった感じのもいい。

しかし、やはり舌に馴染《なじ》んだ味というのは抜き難いもので、私は蒸しの利いた東京風の鰻の、それも丼がいちばん好きだ。ふっくらと、焼きむらがなくて、いくぶん昔ふうにぴかぴか光った焼き上りの、中っくらいのやつ、もし黄腹だったら、また懐かしさも一入《ひとしお》だろう。

昔、運ばれてきた鰻丼にすぐ箸をつけずに、なにかのまじないのように、くるりと上下を引っくり返して置く人を見たことがある。

重箱で同じことをする人もいた。

なにをするのかと驚いて眺めていると、呼吸をはかって、また、やっこらさと、もとへ戻して、やおら蓋を取って食べ始める。

あれは、丼の底に溜ったタレを、もう一度飯に戻してやる為だ、と聞いたことがある。

その人の話では、その風習は、丼から始まったという。なるほど、そういえば、丼の方がタレが底に溜りやすいし、飯の層も厚いから、そこに着目する人もいそうである。彼はそれをなにかの本で読んだと私にいった。もしかすると織田作之助だったかも知れないな、といった。

そう聞いてみると、その昔に私が見た人たちの仕草に、やっと納得がいった。

その話を友人に受売りすると、その男は、

「それにしても、あまり上等な人間のやるこっちゃないね」

と笑った。そして、

「……つまり、底に着目したわけだ」

と、駄洒落《だじゃれ》で締め括《くく》った。

食わず嫌いは、顔を顰《しか》めるが、う雑炊と、中国料理には、鰻のまた違った味が生かされている。う雑炊は、以前日比谷のガード下に〔わらじ屋〕の支店と思われる店が出て、何度か通ったが、そのうちに消えてなくなった。恐らく、東京人の食わず嫌いを見限ったのだろうと思うが、淡白に似て、しかも滋味掬《きく》すべきというか、惜しい味だった。

中国料理の方は、鰻のいためものや煮込みだが、これはなかなか難しい。うまく廻りあうと、鰻とはこんなに軽く、さっぱりしたものかとびっくりする。

なかでも、春先に上海から送ってくる〔めそっ子〕鰻を使ったのは最高で、これをさらっと煮た味は魂も天外に飛ぶほどだという。

それを香港で食べてきたウチの太太（タイタイ、かみさん）は、私に向ってつねづねそれを自慢するのだが、私はせせら笑って相手にしない。何故かというと、折角食べてきたのに、その料理の名も、料理法も、なにひとつ聞いてこないのである。肝腎な点はすべて曖昧模糊《あいまいもこ》として、さっぱり要領を得ない。思うに、女を摑《つか》まえて確実な情報を得ようとするのは、鰻を摑むより難事であるらしい。

鮎の顔つき

今年は、どうもウマいものに縁のうすい年かもしれない。

正月早々、松葉蟹《まつばがに》を食べに旅行してくれませんかという話があった。心ゆくまで松葉蟹を食べて、それについて、なにか感想を綴って欲しいという、或る雑誌からの依頼である。

その後、間もなく、小松左京さんから誘いがあった。鴨《かも》を御馳走するから、長浜まで出ていらっしゃいということで、どちらも、願ってもないような話だった。

その両方とも、こちらの都合で棒に振ってしまった。

俗にオイシイ話というけれど、これは本物のオイシイ話だから残念なこと此《こ》の上ない。

その話を、親しい人にすると、彼は、なぐさめ顔で、

「なあに、二度あることは、三度あるといいますよ」

といった。彼のつもりでは、その内にまたいい話が舞い込むだろうということなのである。

果して、さる新聞社の知人から電話が掛ってきた。

「九州直送の飛びきりのフグを食べさせるから」

と、聞いた時は、思わず天を仰いだ。

二度あることは、三度ある。またしても動かすことの出来ない先約があった。

不運も、こう続くと、やっぱり気になる。

見送りの三振を喰ったのと同じような後味である。

これが野球なら、審判に八つ当りすることも出来るかもしれないが、残念ながら、すべて当方のせいだから致しかたない。

私は、どうも都合の悪い男であるらしい。

鮎《あゆ》が育って、夏。

私は、東京育ちだから、鮎の味は、なかなか解らなかった。

初夏になったからといって、鮎の味を追い求める習慣もなかったし、多摩川あたりの鮎を食べに行っても、野趣を嗅《か》ぐという程度で、大したことはない。

築地の藍亭《らんてい》の鮎が、戦前、評判だったそうだけれど、子供が連れて行って貰《もら》えるわけもなかったし、そんな風で、鮎の味は知らずに大人になってしまった。むしろ、和菓子屋が、季節に合わせて出す、若鮎という菓子、求肥《ぎゅうひ》をくるんだ鮎のかたちの、あれの方が馴染みが深かったくらいである。

実際、その季節だけに限られたウマいものというのは、難しい。運がよくなければ廻りあえないから、それだけに珍重されるのだが、ウマい鮎に廻りあうなどということはその点で、よほどのツキが必要なように思われる。

第一に、鮎というやつは、ひどく忙しい。

川からあげて、一日活《い》かして置くと、もうゲッソリとして、脂肪に富んだワタが、どんどん瘦《や》せて、いわゆるワタ抜けになってしまうのだそうである。だいたい、年魚と呼ばれて、一年の間に急成長する魚だから、一日が人間の一日とは違う。成長するのも、消耗するのも早いのである。だから、ウマく食べようとなると、産地で、あがったばかりのを食べるに越したことはない。

短かい鮎の季節の間に、こうして、若鮎、成魚、子持ちなどを、それぞれ賞味しようと思ったら、私などのように、マメでない人間は、その為にきりきり舞いしなければばならないだろう。

食べものの為には、千里の道も遠しとしない、というのは、功成り名遂げて、清閑というものを持っている人たちならいえることで、私がその域に達するには、まだ、気が遠くなるほど働かなければ、そんな風にはなれないのである。まあ、折にふれて、今頃、鮎はどれくらいの大きさに育っているだろうか、などと思い描く程度が相応というところで、なんのついでもなく、ただ鮎を食べに、列車や飛行機に乗るというヒマがあるなら、まだほかに、まずしたいことが山ほどある。

とはいうものの、長年の間には、ツイていることもあって、何度か、いい思いもしていないわけでもない。

以前、伊豆の大仁《おおひと》温泉へ出かけた。

狩野川《かのがわ》台風とかいわれて、たいへんな洪水で、川筋もなにも変ってしまったあの台風の、直前だったたと思う。

その時に出された塩焼きの鮎がウマくて、何匹かお代りをした覚えがある。それと、目の前一杯の朝焼けの富士山が印象深かった。鮎もそうだったが、この時の富士の眺めも、今迄《いままで》で一番、という気がした。

しあわせなことに、鮎には好い景色がついて廻る。そういう環境の下でなければ鮎は育たないということなのかもしれないが、鮎がウマいと感じた時、私はいつも美しい景色のなかにいた。これも都会育ちの弱味で、私は天然自然の風景には、てもなく欺されてしまうのである。

郡上八幡《ぐじょうはちまん》の町で食べた鮎の味も、なかなか忘れ難い。

この時は、まだ鮎は小さかった。

その料理屋の主人は、しきりに鮎の小さいのを残念がって、もう少し後ならばと繰り返していったが、その鮎でつくった雑炊は、香りが高くてウマかった。同じ膳のツグミを叩いた味噌やら、ワサビの芽やら、どれにも清冽《せいれつ》な山の気が満ちあふれているように感じられた。郡上八幡の町を貫いて流れる水は、長良川の上流である。

吉野山へ行ったのは、花のあとだった。

全山緑に包まれた吉野山は、それはそれでまたよかった。どうも、人の出盛る時を避けると、花の吉野山で新緑を見物するというような妙なことになるが、静かなことは確かに静かである。

この時は、如意輪寺に泊った。

かへらじとかねておもへば梓弓　亡きかずに入る名をぞとどむる

あの如意輪寺である。

帰りは、吉野川べりの町、下市《しもいち》に出る。

下市には、歌舞伎の義経千本桜の鮓屋の段にも登場する昔ながらの弥助ずしがある。

吉野川の鮎を姿ずしにして、つるべ形の桶《おけ》に入れた押しずしである。

吉野川の鮎は、花びら鮎といって、川面いちめんに散りかかる花びらを食べるので、ワタにも身にも花の香りがするのだ、と、土地の人はいうらしい。

そういわれれば、そういう気がしないでもない。果して若鮎が花びらを好んで食べるものならば、その頃は、花びらを飽食し終った頃である。時季としては悪くない筈《はず》だったが、香りは、まずまずというところだったような憶えがある。

それよりも、下市の町の、どこか窮屈な町並みとか、弥助の店の構えが面白かった。弥助の店は、なかへ入ってみると、昔の下宿屋みたいな小間が並んでいて、庭先には、すぐ、鼻のつかえそうなところまで、崖《がけ》がかぶさってきている。その崖を利用して、沢山の棚が作ってあって鉢植などが置いてある。アイガーの北壁に、沢山植木鉢の棚があるようなもので、一種の奇観ともいうべきである。

その眺めの方が面白くて、鮎の味は、つい忘れてしまった。ぬかりなくお土産も持って帰ったのだけれど、これはみんな食べられてしまって、こっちの口には入らなかった。

吉野川という川は、その下市のあたりでは、ごく平凡な流れであった。コンクリートの護岸がしっかりと出来ていて、コンクリートの橋が掛っている。そんな風に憶えているが、どこかの風景と混同しているのかもしれない。車に乗って走り出したときに気がついたのだが、あの窮屈な町並みや、弥助の間取りや庭の絶壁は、あきらかに、地形の険しさからきたものである。ちょっと見には気付かなかったが、やはり下市も吉野の山のうちである。

鮎には、やはりそれぞれの顔つきがある。

今迄に、それほど沢山の鮎と対面したわけではないけれど、土地により、鮎によって、どうも微妙な顔つきの違いがある。

魚の顔を、面白いなと真剣に思い始めたのは、黒鯛《くろだい》からである。

一時、黒鯛の釣りに興味があって、その時には、毎日のように、黒鯛の顔ばかり見ていた。ほとんどは他人が釣ったのだが、それと顔つきは関係はない。

黒鯛の成魚には、俗にいう居付きと、流れ者がいるようである。確かに、いろいろな顔つきのがいるが、大別すればこの二種になる。

居付きの方は、額のあたりの線がこんもりと盛り上っていて、全体におっとりとした形に見える。地元の漁師や魚屋なんかは、ブトと称するのだが、語源はよくわからない。多分、胴太とか、頭が太いからとか、そんなところだろうと思う。

ブトは、首の付け根をつまんで見ると、空洞がある、と、漁師はいう。そう聞いていたので、度々つまんでみたが、確かにそうらしいのもあったし、そうでないのもあったので、確信は得ていない。居付きと、そうでない渡りの黒鯛との区別は、全体の感じの方に、その差がよくあらわれるようである。

そんな風な興味で見はじめると、鮎の顔も観察のいい対象になる。

天然の鮎と養殖ものでは、どこか違う筈である。

といっても、鮎の相を見て、天然と養殖を見分けるのは、素人であるわれわれでは、おいそれとは行かないところがある。

もの知りの話では、天然と養殖の鮎とではこういう差があるそうだ。
一、天然のものには、いったいに黄色の斑がある。
二、顔つきが違う。養殖ものが端整な顔だちをしているのに比べて、天然ものは、鼻ぺちゃの顔つきである。
三、（忘れてしまった。どうやらこの、三つめが一番重要なような気がする）
その二番目の、顔つきの項だが、天然ものが、なぜ鼻ぺちゃであるかというと、度々岩に顔をぶつけるからだそうだ。要するにボクサーと同じと思えばいいらしい。い縮《しく》早い流れにさからって、石につく苔《こけ》を舐《な》めたりするのだから、魚といえども、つい尻《じ》って、岩で鼻の頭をこすったり、いやという程ぶつけたりするのだろう。口には出さねど、いやあ、参った、目から火が出た、などと思ったりすることはしょっちゅうかもしれない。友釣りの囮《おとり》の鮎めがけて、この縄張り荒らしめと襲いかかるときの獰《どう》猛《もう》さを思えば、鼻のつぶれた顔というのも、なるほど似つかわしい気がする。

その話を聞いてから、デパートの食料品売場で発泡スチロールの皿に行儀よく寝ている養殖の鮎を見ると、いかにも、これは養殖でございという姿かたちをしている。全体にふっくらと小太りで、鼻筋もすっと通り、衣食になんの思い患うところもなく来たという顔をしている。身体の大きな割には、目つきがあどけなく、光が弱くて、とても渓流でたくましく餌《えさ》をあさっていたという面つきではない。金魚鉢で金魚に混って育ったような、のんびりした顔なのである。

二三日前、地下鉄に乗っているときに、またその話を思い出した。

目の前に坐っている若い男の顔をなにげなく見たとたんに、ふっと、

〔あ、これは養殖の顔だな〕

と思ったのである。

色白で、小太りで、どこからどこまで小綺麗である。高そうなシャツを着て、趣味のいいネクタイをキチンと締めている。靴はピカピカ光っている。発泡スチロールの皿の上の鮎と、たいへん似ている。としの割に脂肪が乗り過ぎていて、目に光がない。もし食べてみたらマズそうな気がする。飼料のへんな匂いがしそうな気もする。

妙な気分になって、車内を見廻すと、客のどの顔も、いろいろな魚に見える。人間の顔は、ケモノよりも魚の方にむしろ近い。特に日本人はそうではないかと思う。地下鉄の車内は、照明のぐあいで、水族館のようだし、車内の人たちは、魚が背広を着て、澄ましているように見えた。

〔竜宮城じゃあるまいし〕

と思っているうちに、がたんと音がして、あかりがすっと暗くなったので、なんとなく、ひやりとした。

「それは面白いかもしれないな」

と、隣の男がいう。

いつか、場所が変って、私は、カウンターの前に坐っている。

「なにが」

「その、魚の相を見るっていうのがさ。人相見がいるでしょう。渋谷の駅のそばのあたりの、ホラ、銀行の横丁なんかに……。あの中に混って、商売をするの」

「どういう風に」

「買物帰りの奥さんなんかが来て、見てくれっていうわけ。すると、ああ奥さん、このハマチは天然だが、こっちの鮎は、惜しかったな、これは養殖だ。なんてぐあいに」

さて、今年は、ウマい鮎に廻り合う機会が、果してあるか、ないか。

カレー党異聞

辛いもの好きというのは、たしかにいる。

しかも、かなりの割合で存在するらしく、私の友人のなかにも、たちどころに何人かを数え上げることが出来る。

そのうちの一人は、最近、不測の事故で死んで終ったが、まだ元気でいた頃、或朝、その男の家を訪ねると、丁度朝飯の膳に向っているところだった。

「一緒にどうだい」

というが、あいにく、こっちも済ませたばかりなので、お茶を貰《もら》って、その食べっ振りを見物することにした。

なんだか真っ赤なものを飲んでいるので、

「なんだい、そりゃ」

と聞くと、

「おみおつけでやんすよ」

といって、お椀のなかを見せる。

驚いたことに、味噌汁の部分は見えない。表面は、びっしりと唐辛子の赤で覆われていて、まるで、マニラ湾の夕焼けである。

この男とは、よく一緒に仕事をする機会があって、あっちこっち、旅館やホテルで同宿した。考えてみれば、この間に何度となく朝食を共にしているのだから、当然こっちもその辛いもの好きに気がついていい筈なのに、そんなところはまるで見せなかったのである。

旅館の朝の味噌汁は、さぞもの足りなかったろうに、別に註文も出さず、自分の家にいるときだけ心ゆくまで七味唐辛子（いや、一味唐辛子だったか）を楽しんでいたその男は、唐辛子に於けるダンディズムというようなものを、ひそかに持していたのかも知れない。

それだけ大量の唐辛子を使うくせに、彼はそれをいちいちあの竹筒の穴から、振り出すのが好きで、

「こりゃ疲れるよな」

といいながら、嬉しそうに、竹筒を振って、二杯目の味噌汁の上へ、山のように唐辛子を盛り上げるのだった。

唐辛子食いは、まだ別にもいて、江戸時代から伝わっているという煎餅《せんべい》をしこたま買って来ては、私たちに食べさせる。

この煎餅は、見たところ、煎餅の形をした七味唐辛子の塊といってもいい。

一枚食べると、口のなかはまず火事のようになり、二枚で汗が出てくる。三枚食べると、当分の間、ものをいう暇がなくなる。ひたすら耐えるという感じになる。

黙って汗をかいていると、その男は嬉しそうに、

「どうです、辛いでしょう」

と、にんまりする。

酒飲みが、酒を飲んで相好を崩すように、辛いもの好きは、辛いものを食べると、やはり相好を崩して、しんから楽しそうである。辛ければ辛いほど嬉しそうだ。辛さのあまり、畳を叩き、身を捩《よじ》り、悲鳴をあげながらも笑っているところを見ると、どうも辛いもの食いに悪人はいないというふうに思いたくなる。

もう一人の唐辛子食いが、極辛《ごくがら》のうまいカレーの店というのを聞き込んで、いそいそと出掛けて行った。

いちばん辛いのを註文して、さて食べ始めると、なるほど、うまいこともうまいし、辛いことも辛い。

ふた口、みくちで玉のような汗が噴き出てきて、あとは夢中になったそうである。それでも、名代の唐辛子食いの看板の手前、なんとか食べ終って、

「うまかったよ、うん」

などと、愛想を振りまいて払いを済ませ、おもてへ出た途端、口のなかが爆発したような気がした。

「いや、とにかく驚いた。口を閉じていられなくてね。舌がどこにさわっても飛び上るほど痛いんだ。仕方がないから、犬みたいに舌を出したまんま……」

そのまま上野から浅草まで歩いて、やっと正気に戻ったら、読みかけの本を、その店に忘れてきたのに気がついたそうである。

「それでも、俺なんかはまだいい方で、勘定を忘れて飛出して行くやつも多いに違いない」

それでは小咄《こばなし》のネタだが、この頃のカレー界は、辛さを競う流行があるらしくて、続々と、日本一辛いカレーを看板にする店があちこちで名乗りをあげているようだ。

なかには、普通の五十倍辛い（どういう基準でその倍率を決めるのかよくわからな

いが……）カレー、超極辛などというのがあって、それを食べた人のほとんどが、顔面蒼白になり、しゃっくり、眩暈《めまい》、耳鳴りなどに見舞われたそうだ。

その店の主人の話では、体調に自信のある方でないと、ということで、そのうちに、健康診断書が必要になるかも知れない。

私の観察では、度を越した辛いもの好きは、概して、のぼせ性で、やや血圧が高く、怒りっぽいタイプということになるのだが、剣呑《けんのん》でもあるし、それ以上の言及は避けることにする。

さて、ウマいカレーを食うにはどうしたらいいか。

それにはふたつの方法があって、ひとつは、いわずと知れた、ウマいと評判の店へ行って食べることであり、もうひとつは、手間ひまかけて自分の家で作ってみることである。これも誰だって思いつくことだ。

どこの家でも、カレーぐらいは作ったことがある筈だが、同時に、もう少しウマく出来るんじゃないかとも思った筈である。

もう少しウマく出来るんじゃないかと考えているうちに突き当るのは、カレー粉の問題である。

なんでも、インドの家庭では、それぞれ好みの香料を配合して、自分のウチだけの味を作るのだなどと読んだり聞いたりすると、やっぱりそれが鍵だったような気がして、カレー粉から自家製にしなければ、と思い込むようになる。

十年ほど前に、そう思い込んで、実は、やってみたことがある。

娘があちこち買い歩いて、十数種の香料を集めてきた。月桂樹とか粒胡椒《こしょう》とか肉桂とか、前からあるやつと合せると、ウチの台所はたちまち薬局のような賑《にぎ》わいを呈した。

粉末になっているのは、なるべく避けて、原形に近い香料ばかりで、ここらあたりはかなり本格的なのである。

これを、擂粉木《すりこぎ》を操って、ぜんぶ粉にし、ブレンドするわけだが、いざ始めてみると、さあ大変。なかでもいちばん手古摺《てこず》ったのは、主力になるターメリックだった。ターメリックは、和名でいえば鬱金《うこん》、ウコンの風呂敷の、あの鬱金である。カレーの黄色は、このターメリックの色である。姿も性質も、朝鮮人参と田舎たくあんの間に出来た子供のようなものだ。

この両方を知っていればすぐわかることだが、これを粉にするのは、どう考えても難しいのである。恐しく堅い上にしなしなしていて、百年経っても、粉になどなってくれる様子はない。

擂鉢を抱えて、一時間ほど苦闘を続けていると、気が遠くなってきた。いやにのぼせるなと思っていたら、顔が真っ赤である。擂鉢の上へ顔を突き出しているから、覿面《てきめん》にのぼせ返ってしまったらしい。香料は恐しい。

二十種近い香料を、小半日かかって粉にして混ぜ合せ終ったら、もうどうでもいいような気がした。

ターメリックに関しては、その後、水に浸して、戻してから使う方法を取った。その方がいくらか楽だった。

さらに本格的なカレーにするためには、ギーという油を使う。山羊だかなんだかから取る油だけれど、これは割愛した。

そのカレーを、大鍋で煮込んでいるときの匂いときたら、まさにインドが引っ越してきたかの如き感があった。家中が三日くらい匂っていた。

それだけ手のかかったカレーだったけれど、食べるのは早いもので、大鍋に一杯あったのが、あっという間に、空になって、あとに残ったのは、どうも大変苦労をしたという思いだけである。

ウマかったかといえば、たしかにウマかったが、あの重労働を考えると、どうも引合わないという気がしてしまう。

とにかく擂鉢と擂粉木で、あれに立ちむかうのは愚で、インドのおかみさんが使うような石の道具で叩き潰すか、薬研《やげん》でも手に入れないことには、という結論に達して、わが家のカレーの本格化プロジェクトは、三四度で沙汰やみになった。

その後、あるところで薬研を見つけて、しばらく悩んだけれど、やっぱり買うのは思い止まった。

梅雨うちから夏場へかけて、自然にカレーを食べることが多くなる。

今年は、もうかなり食べている。

今年の目標、というと、ちょっと大ゲサになるけれど、今、気になるのは、メシである。カレーライスの、ライスがうまい店を見つけたい。

上へかけるカレーに関しては、ウマいといわれる店のは、それぞれ、苦心研究のあとが見える。

問題はメシの方で、昔、外米と呼んだ、粒が細長くて、パラッとしたのがやっぱり合う。

内地米の、炊けば鬼の牙みたいになるようなうまい米は、重くて駄目なのである。

あの細長い外米は、インド型米ともいうそうで、タイ、ビルマ、インドあたりで作られて、昭和三十年頃迄は、まだ輸入されていたが、以後はもう準内地米と呼ばれる日本型のずんぐりした台湾米に取って替られ、それも今ではどうなったかというところらしい。

戦中から戦後にかけて馴染《なじ》んだあの外米には、あまりいい印象は残っていない。独特の匂いがある上に、日本式のメシの炊きかたと合わないらしく、またオカズとも、どうもしっくりといかなかった。

あの外米と縁が切れて、やれやれと思っていたが、その後聞いたところによると、なんでもビルマやタイなどの米も、品質の良いものは、素晴らしくウマいという話なのである。戦中戦後に食わされたのは、どうも極く下級の外米らしいという。

自分でたしかめたわけではないから、なんともいえないが、もしそうならば、戦後三十有余年を記念して、あらためてウマい外米を試食して、今迄の誤れる外米観を払《ふっ》拭《しょく》してしまいたいものだ。

インド大使館などは、大々的にインド・フェアを催して、木彫の屏風《びょうぶ》や木綿のシャツや更紗《さらさ》を売る以外に、飛び切りのインド米に、本格的インド・カレーをかけて食べさせたら、食い意地の張った日本人から、あらためて多大の尊敬と友情をかち得ることが出来そうである。

だいたい、食いものから入る、というのは国交を深める最良の方法で、たとえばわれわれがフランスに寄せる親愛の情の三分の一くらいは、あの芳醇《ほうじゅん》なるワインとチーズによるもので、もう三分の一は、ミレイユ・バランやダリュウから始まって、カトリーヌ・ドヌーブやミレイユ・ダルクなどに到るいい女のせいだろう。

カレー好きでは、英国人もかなりのものだが、その親しみかたの深さでは、日本人にはとても及ぶべくもない。新婚の妻が出来る唯一の料理がカレーなどという国は、本家と日本以外には、ちょっとありそうにない。

野に遺賢あり、という言葉は、カレーにも適用出来そうなふしがあって、カレーは、ピンもいいが、キリも馬鹿にならない。

喫茶店や、蕎麦屋でも、かなりカレーをウマく食わせるうちがあって、それはそれで、またウマい。

カレー・パンもまた意外なところにウマいのがあって、つい最近、これはいけるぞと思ったカレー・パンの出どこを聞いたら石神井のそばの小さなパン屋の製品だった。

キリの方の店で食うのは、やはりポーク・カレーがいい。

分厚な皿の、縁の線が剝《は》げかかったやつに、じかにカレーのかかったの。それに、メリケン粉のルウをたっぷり使ってあるけれど、ふしぎに匂いはいい。こういうカレーに出っ喰した時の、おや、というときめきは、カレー独特のものかも知れない。

福神漬けが、たっぷりと添えてあって、メシの端が紅く染まっているのも懐かしい。色も味も、店ごとに違うが、畢竟《ひっきょう》、カレーは、安値こそよけれという気もする。ひたすら啖《くら》い、水をぐいと呑み干し、噴き出る汗を拭って店を出ると、おもては目もくらむ炎天。

カレーをうまく食う為に欠かせない条件がもうひとつあった。体力である。

鰺《あじ》の味、鯖《さば》の味

昔の人は、やっぱり魚の食べかたがうまかった。

湘南《しょうなん》の海岸に、一時住んでいた頃、知合いのお爺さんが、遊びに来た。好物だということが解っていたので、鰺《あじ》の干物でお酒を出した。

秋谷という海岸に、干物を特別上手に作る魚屋があって、そこで買ったやつである。

お爺さんは、目を細くして喜んでくれたのだが、感心したのは、その食べっ振りであった。

お皿の上に残ったのは、ゼイゴという、あの硬い鱗《うろこ》の部分と、シッポだけである。それが、綺麗に、食べた魚の数だけ並んでいる。頭も中骨も、目玉も残らない。実に清々《すがすが》しいばかりの眺めで、魚というものは、こういうふうに食べたいもんだと、ひそかに舌を捲《ま》いた。

散々道楽をして、親の代からの大きな商店を潰してしまったお爺さんである。小柄な、あくの抜けた人だが、七十を過ぎているのに、苦もなく鰺の頭や骨をこなしてしまうだけの歯の力を持っている。流石《さすが》に家一軒潰しただけの凄味《すごみ》があった。

このお爺さんは、その後亡くなってしまったが、こちらは現存のお婆さんである。たとえば、このお婆さんに、平目の煮つけなどを食べさせると、これはまさに芸術である。

お皿に残るのは、真っ白に輝く骨だけになる。丹念に平げたあげく、伝統に従って骨湯の儀をとりおこなうから、煮汁の一滴さえ、跡を留めない。

そして、口を拭《ぬぐ》って、品よく坐っている姿を見ると、今の平目は、どこへ行ってしまったのかと怪しむ程である。完全犯罪という言葉が思わず頭に浮んだりする。女の恐しさは、こういうところに、ちらっと姿を見せるのかもしれない。

そのお爺さんやお婆さんのような食べかたは、その年輩の人たちの間では、別に珍しいことでもなんでもない。

どっちかといえば、それが普通だったようで、それに較べると、われわれは、どうもひどく堕落したものである。

魚の喰いかたなどは、どうでもいいようなものだけれど、仮に、魚一匹満足に毟《むし》れずに箸《はし》をうろうろさせているのを見ると、それがどんなに優雅な美女であっても、私の年輩の男は、たちまちその美女の内面にある生活の浅さというようなものを嗅《か》ぎ当てた気になってしまう。

たかが魚の喰いかたといっても、なかなか馬鹿には出来ないもので、そこには喰う人の品格も人生も、巧まずして現われるように思われる。

その湘南一帯には、昔から鰺自慢というのがある。三浦半島の、長井あたりから始まって、葉山、小坪、大磯、小田原、真鶴、網代と、どこの漁師も、自分のところで取れる鰺が一番ウマいという。

「小田原の鰺がウメえっていうけどよ、なあに、ここの鰺を喰ったらおめえ……」

というような具合で、どこの漁師も主張して譲らない。

湘南だけではない。対岸の房総でも、これは同じで、保田《ほた》の漁師が、

「なあに、湘南の鰺なんか喰えねえ」

と一笑に付すのを聞いたこともある。

豪語するだけあって、どこの鰺も、それぞれウマい。そして、漁師たちが、ここの色が違う、頭の形が違う、と、実物を手に取って説明してくれるのを聞くと、なるほど、同じ鰺でも、形や色が少しずつ違うように見える。

こうなると、どこの鰺が一番ウマいかというのは、なかなか興味のある問題になってくる。

海岸に住んでいる間、私は、折にふれて、これを思い出していたが、或る日、どうもこれはおかしいなと考え始めた。

地図を拡げてみると、よく解るが、相模湾が陸地と接するところは、なだらかな円を描いている。その円弧の上に、さっき挙げた漁港が点在している訳で、どの港からも、まっすぐ沖へ向って船を進めれば、相模湾の中央あたりの或る点で、全部が衝突する勘定になる。

相模湾は鰺の漁場として有名だが、どこでも鰺が取れるという訳ではなくて、やっぱりいくつかの根へ、漁船が集中する。

葉山の漁船に聞くと、江の島の沖へ行くといった。

長井の漁師に聞くと、

「今頃は、江の島沖だね」

という。

小坪の漁師に聞いたら、江の島の方を指して、

「あの先あたりだなあ」

という。

なんのことはない。みんな同じようなところに出掛けて、鯵を取ってくる。それでいて、自分の土地の鯵は……と威張るのだから面白い。

しかし、海というのは便利なもので、同じ一点で漁をしていても、そこが、それぞれの自分の漁港の沖合であるという論理に、ちっとも間違いはない。のみならず、同じところで取れた鯵が、港へ帰ってくると、その土地の鯵らしい風貌や味を帯びてくるというのは、まったく不思議なことである。信じて疑わなければ、鯵の顔も変るということなのだろうか。

伊豆や房総のほうのことは、それ程よく知らないが、鯵の味自慢には、こういう不思議なところがあって、どこの鯵が一番かというのはとても解らない。同じ条件のもとに、各地のよりぬきの鯵をずらっと並べてみたら、案外同じ鯵で寸分違わないということもあり得るような気もする。専売局がやるタバコのテストみたいに、各地の漁師を集めて目隠しをした上で、各地の鯵を取り混ぜて次々と喰わせてみたら、面白い結果が出そうである。鯵自慢に一波乱が起きそうだが、あとのことを考えれば、こういうことはやらない方がお互いの為だろう。

ひとくちにアジ・サバと呼ばれるが、鰺と鯖では、喰いかたも大分違ってくる。鯖そのものも、日本海のものと、太平洋のものとではかなり肌合いが違うようだが、関西では鯖の料理法の種類も多く、それに長《た》けているようだ。船場汁とか、鯖を使った棒鮨や柿の葉鮨は、やはり関西の味である。

そこへ行くと、関東では、鯖を少々持てあましているような傾向があるのかもしれない。

俗に〔鯖の生き腐れ〕というあれが妙に徹底していて、警戒の気持もあって敬遠してしまう、というところがありそうである。

自分の経験ばかりでおしはかるのは早計かもしれないが、私は子供時代に、あまり鯖を食べたことがない。比較的憶えがあるのは味噌煮にした鯖だが、小さい頃は、好きとはいえなかった。特にあの青いぎらっとした皮と、そのすぐ下の、皮の色がついた部分は苦手で、なるべく見えないように、裏返して皿の隅へそっと押しやっていた。

それが、今になってみると、あの頃の味噌煮の味が懐かしくて仕方がない。生姜《しょうが》の薄片をあしらって、昔のように煮て貰うのだが、どうも同じようには行かない。ひとつには味噌の味が違うらしい。そこまでは解っているのだが、今のところ、それ以上手の打ちようがない。

同じ鯖でも、中国料理の鯉《こい》の丸揚げ風に、から揚げにして、葱《ねぎ》、生姜その他の甘酢のたれを掛けたものは、なかなかウマいと思った。子供はあまり〆鯖《しめさば》などには手を出さないし、塩焼きも歓迎しなかったから、母は鯖を喰わせるのにかなり苦労しただろうと今になって思う。とにかく、鰺に較べて、鯖は食膳に載る度数は遥かに少かった。鰺のほうは、しばしば登場してきた。たいていは塩焼きか煮魚だが、どっちも嫌いではなかった。ただ、目玉が白くなっているのが少々気味が悪かったが、煮魚の身がはじけて反っくり返っているところや塩焼きの皮の焦げた感じは悪くなかった。そんな具合で、子供の頃は、鰺も鯖も、火を通したものばかり食べていたので、ナマの味は、戦後まで知らなかったような気がする。

戦争のお蔭で、ひよわで好き嫌いばかり多かった子供は、まるで恐いものなしになって、なんでも喰う男に変貌してしまった。

その後、海岸に住んで、たまには自分で庖丁を取って魚をおろしたりするようになると、また感覚が変ってきた。

生魚の扱いに馴れてくると、以前は触れるのも嫌だったのも忘れて、これはウマそうな鯖だな、と思ったりする。取れたての魚という安心感が手伝っているせいもある。調子に乗って、鯖の刺身というのを何度か試みてみたが、これは、あまりよくなかった。もうひとつウマくない。

鰺のタタキは、どうやらすっかり手に入った。タタキには、細く細く切って行くのと、叩く方式があるが、私の家の方式は、やや叩くほうに近い。薬味には、あさつき、生姜、大葉、味噌を少量使う。

同じタタキでも、或る網元の息子がやってくれたのは、趣きが違った。

「これが本式です」

というそれは、石の上で、石で叩き潰すのである。これも味噌を使う。手際が悪かったのか、その時は出来がよくなかった。恐らく当人はその方式を見馴れているだけで、実際には、あまりやったことがなかったのだろう。徹底的に叩き潰してしまったので、なんだか無惨なものが出来上ってしまった。

「見た目は悪いけれど、味はこれが一番」

といいながら、その男は、指で掬《すく》いとったのをひとくち食べてみて、そして、首を傾げた。

「もっとウマい筈なんだけどね。味噌を入れ過ぎたかな」

私たちも食べてみたが、ウマいとはいえなかった。それでも、折角骨折ってくれた彼の顔を立てようと、精一杯ウマそうな顔をしてみせた。それでも彼は、

「本当は、もっとずっとウマい。問題にならないくらいウマい」

と、無念やるかたないという顔をした。

こんなふうに書いてくると、私はさも鰺鯖と馴れ親しんでいるようだが、実は私はアレルギー体質で、鰺鯖は、広くいえば危い魚のなかに入る。アレルギー体質にも色々あるらしくて、反応を起すものは、人によってまちまちである。

エビがどうしてもいけないが、カニは大丈夫という人もいるし、その逆の人もいた。鰺は大丈夫だけれど、鯖はダメという人もいる。ひかりものは一切避けるという人もいる。概して鯖は一番悪者扱いをされているようである。

フランスの与太者の、ジゴロとかマクロとか呼ばれるうちのマクロは、一般的に、ヒモ渡世の兄ちゃんなどのことらしいが、このマクロは、フランス語の鯖である。どうして女のヒモが鯖なのかよく知らないが、やはり見た目というところがありそうである。どぎつい服装をして、いかにも厭味《いやみ》のある奴、ということなら、鯖には気の毒だけれど、流石フランス人の感覚という気がする。もしかしたら、マルセイユあたりの暗黒街に、この手のヒモがごろごろしていて、それからこの蔑称《べっしょう》が生れたのではないかということも考えられる。ご存じのように、マルセイユは、フランスきっての漁港でもあるし……。

鯵も鯖も、昔は下魚のうちであった。比較的漁期が長くて、沢山取れたせいだろう。鰯《いわし》も同じような理由で下魚だった。

浦島太郎の話のなかでも、竜宮城のなかは目がさめるように美しく、そこに繰りひろげられるショウは、鯛や比良目の舞い踊り、で、鯵や鯖が美々しく踊るというような話にはなっていないし、ものの本を漁ってみても、ほかの魚に関する伝説などは色々あっても、鯵や鯖にまつわる伝説などは見当らない。

その鯵が、近頃はめきめきと値段を上げてきて、たちまち高級魚の仲間入りをしてしまった。

これは大問題なのである。

うちには、二匹の黒猫がいる。まったく、猫ほど鯵の味をよく知っている動物は、人間を含めても類がない。

それで、やむなくというか、敬意を表してというか、ときどき鯵を買って、以前はわれわれもお相伴をしていたのだが、この頃は、とてもそんな具合には行かなくなった。

「一家揃って鰺なんか食べていたら、わが家は破産よ」

という意見が出て、鰺は段々と猫だけになり、主人はメ鯖でという事態になった。

「これ以上高くなったら、もう、とても鰺は喰わせられないぞ」

と、目下いい聞かせているところだが、そういうと、二匹とも神妙に、にゃあ、と答えるので、お父さんは今、とても辛い。

待つだけの秋

九月に入って間もなく、今年の松茸《まつたけ》の初ものが、東京の店頭に出たという記事が、新聞に載った。

それによると、中くらいの大きさのものに一本一万二千円の値がついていたそうだ。どんな人が、問題の松茸を買うのか、顔が見たいと思ったその記者が見張っていると、三本を、〆《しめ》て三万六千円で買って行った人があった。一見重役風の紳士だったが、当節、一本一万二千円也の松茸を、すぱっと買って行く人は、いったいどういう種類の人間なのだろうか。毎年のことながら、とても庶民には手の届かぬ高嶺《たかね》の花うんぬん、と、その記者は締め括《くく》っている。

その、いかにも庶民の味方ふうの書きかたには少々うんざりした。高嶺の花なんてことは、決りきっているんだから、どうせ記事にするのなら、もう少し突っ込んだらよさそうなものだ。買った当人に、どんな気持か聞くとか、焼き松茸にするのか、または土瓶蒸しにするのか、どんな腹づもりがあるのかを質問するのもよし、そっと尾行して、家を突きとめ、身分を調べるのも週刊誌ふうで面白い。そして、旦那が持って帰った松茸を見て、奥さんがなんとおっしゃるか、そのあたりも知りたいではないか。

さらに、ひょっとすると、その松茸は、お遣《つか》いものに使われるのかも知れないし、そうだとすれば、その種の進物をするのは、どういう場合に、どういう人たちがするものなのか、そんな点にも興味が湧《わ》く。

買った人のプライバシーを損わずに、記事にするくらいは、商売なんだから、難しくはない筈《はず》である。折角、初ものの、三万六千円の松茸を買った人がいるのに、お座なりの記事ですませられては、野次馬として、実に残念でならない。買った松茸を持って、にっこり笑っている写真でもとらせて貰《もら》えば、かなり可笑《おか》しいだろうに……。

それにしても、松茸は、なぜあんなに高いのか、私にはよく解らない。

よく解らないことが多すぎて、これでよく毎日を過して行けるものだと、われながら感心することがある。松茸もそのひとつで、なにげなく、ウマいウマいと食ってしまうが、なぜ高いのか、どういうふうに生えるものなのか、そのへんを、まるで知らない。現金なもので、食べかただけは色々な方法を知ってはいるが、やはり本当の有難味が、もうひとつ身に染みて感じられないのは、松茸の氏素性について無知だからである。

されば、松茸は、何故に、かくも高価なるや……。そこから出発したい。

「ええとですね」

と、O氏はいう。

「うーん、それはですね」

電話の向うで、考えている気配がある。

「あとで電話をします。ま、十五分と思って下さい」

正確に、十五分後に電話が掛ってくる。

「ええと、松茸がですね。何故高いかということでしたね」

「ええ」

「それはですね。まず、みんなが食べたがるからですね」

O氏には、こういうユーモアのセンスがあって、これには、しばしば悩まされる。

Oさんは、いわば私のコンピューターで、電話一本で情報が得られる有難い存在なのである。だいたい、私の家は手狭だから、とても大量の本など置いておけない。幸いO邸には充分なスペースがあって、万巻の蔵書がうなっている。私は、電話一本で、それを利用させて貰える。要約もしてくれるし、洋書なら、翻訳もしてくれるし、こんな便利なことはないが、このコンピューターは、ときどきアメリカへ行ったり、温泉へ出掛けたりするから、油断は出来ない。

ところで、松茸の高価な理由というのは、こういうことのようである。

「松茸は、促成栽培とか抑制栽培が出来ないのですな。だから、限られた時期にしか出荷出来ない。そもそも、松茸を育てる根に当る菌糸の生長が、一年にやっと十糎そこそこだし、椎茸《しいたけ》のように切り取った榾木《ほだぎ》などには生えないのです。生きている赤松の根方にしか出来ない」

「ははあ」

「生育条件が非常に限られているのですね。適温も、摂氏十五度内外の、ごく狭い幅でなければならない」

「気難しいわけですね。Oさんのように」

「ウチの家内のように、です。……それだけ環境に気難しい結果として、あの特別の高貴な持ち味があるわけですが、……いや、高貴な持ち味というところは、まったく家内とは違うなあ」

「違うなあ」

「ほぼ、そんなところですが、これは、天野慶之氏の著書からの受売りですから、もっと詳しく知りたかったなら、その本をお探しなさい。版元と定価は……」

こんな経緯をへて、松茸の高価な理由は、私にも、少しずつ呑み込めてきたようである。

松茸を食うには、となると、人によって、そのベストな方法について、どうしても意見が分れる。

直火《じかび》で軽く焼いて、生醤油が一番という人もあるし、いや、二杯酢でという人もある。柚子《ゆず》がなくてはとのたもう向きもある。

やはり、大勢は、ほかの料理法より、まずこの焼松茸に傾くようだ。

獅子文六さんの随筆によれば、京都から松茸が届くと、まず、焼松茸である。〔傘の閉じた、形のいいのを選《よ》って〕焼き、ホッホッといいながら、ヤケドしそうなやつを手で割く。これが最高の御馳走だそうで、あとは土瓶蒸しや、松茸飯と、いろいろに楽しむ。

驚いたことに、獅子さんのお宅には、まだ、第二便、第三便と、次から次へと松茸

の籠が届くのである。さすがの御威勢と、読みながら感心する。羨《うらや》ましくて仕方がない。そのうちに、

「また松茸か」

と、獅子さんがおっしゃるくらいに届く。ひとごとながらいい気分で、かつ大いに羨ましい。その松茸の籠というのは、察するにかなりの大籠であるらしい。行間にそれらしい響きがある。その大籠が彷彿《ほうふつ》としてくるに及んで、いかにも罪なものだという感がする。食味随筆というのは、随分と意地悪なものである。まして名文章家の手でそれをやられては、もう、殺生《せっしょう》というに近い。

語呂合せではないが、私などは、なんのあてもなく、松茸をただ待つだけである。出盛りになって値が下ってくれれば東京でも買えるが、それまでは天を仰いで、奇特の士の気まぐれを待っているだけしかない。

それでも、年に一二度は、思いがけない果報に与《あず》かることがある。身内や、近所から、お裾分けがあったり、思わぬ筋を通じて、京都から籠が届いたりする。素人には、松茸の生える場所はなかなか見つけられないのと同じで、松茸が送られて来そうな筋というのも、見当がつき難い。

松茸の産地は、むかしは、なんといっても京都、大阪、兵庫だったが、この頃は、

段々と主産地は西の方へ移動しているのだそうである。そして、今は、岡山、広島あたりが一番の産地であるらしい。今後は、つとめて、その地方の人と親交を結ぶようにしなければいけない。松茸の菌糸が、じりじりと西へ伸びているわけでもあるまいし、これも、赤松林の勢力分布図が変化しているからだろう。

松茸以外のキノコで、確実なルートがあるのは、ナメコと舞茸《まいたけ》で、この二種に関しては、福島在住の知人に太いパイプを通じてある。ナメコは、現地ならば、いいものが比較的手に入り易いので、問題は舞茸だ。いいのが手に入ると、早速電話を掛けてくる。待っていると、片腕で舞茸を抱え、片手でナメコの包みを提げた運び屋がやってくる。舞茸の見事なやつは、仁王様の団扇《うちわ》ほどもあって、この味ときたら堪《こた》えられない。いったいキノコはバターとよく合うけれど、舞茸をバターで軽く炒《いた》めて、生醤油を数滴落したのは格別なのである。

ついでに思い出したけれど、ニュージーランドで食べたマッシュルームも、なかなかオツな味がした。メニューのオムレツの項を見ていたら、六種類か七種類並んでいて、そのなかに、マッシュルームのオムレツがあった。

運ばれてきたオムレツをフォークで切ってみると、青黒いキノコが出てきた。見馴《みな》れないやつが出てきたなと、おそるおそる口に入れてみると、確かにキノコの舌触りで、それと共に不思議な芳香がした。日本のキノコとはまた違う香りである。へへえと感心しながら食べているうちに、特大のオムレツがあっさりとなくなってしまった。マッシュルームというより、西洋キノコの王様であるトリュフに近い色だった。あれほど黒っぽくはなく、青黒いのだが、それでも、われわれの食いものの常識にはない色なので、ちょっと驚くのである。

もっと驚かされたのは、クイーンズ・タウンのゴルフ場に行ったときである。

何番めかのホールで、いざ第一打と、前方を眺めやると、どういうことか、点々と、無数のボールがフェアウェイに転がっている。

なにしろ、私たち以外に、人影などまるで見えないがらがらのコースだから、誰かが練習にこのホールを使ったのかしらんと思ったが、それも妙な話である。

「これは問題だな」

私たちは困惑してしまった。真っ白なボールだらけなので、その中へ打ち込んだら、どれが自分のボールなのか、とても判別がつかない。

仕方がないので、そのホールは諦《あきら》めることにして、歩き出したが、そばへ行ってみて驚いた。その真っ白なボールは、ぜんぶキノコなのである。半球形で、ボールよりちょっと大きいくらいのキノコの大群である。気がついた私たちは、目をぱちぱちするばかりで、しばらくは絶句したままだった。

キノコをよく食うという点では、ソビエトや、東欧の諸国の方が、日本人より上で、キノコの種類も、はるかに豊富らしい。キノコ好きの人のために、〔ソ連から東欧一周キノコ食いの旅〕なんていうのを立案して出掛けて行ったら、かなり実のある面白い旅行になるんじゃないかと思うが、旅行代理店で、そういうモノ好きな企画を立てるところはないかしらん。

中国料理に出てくるフクロタケなんかも、近頃ではすっかりポピュラーになったが、以前の日本ではあまり見かけなかったような気がする。あれだけ広大な中国だから、キノコの種類だって、ソビエトや東欧に負けないくらいあるだろうし、珍種珍味もある筈だ。キノコ食いくらべの旅には、ぜひ中国も入れなければいけないが、どうも国交の状態からいうと、一度に両方を廻ることは出来そうもない。どちらかで剣突《けんつく》を食う可能性が大きい。これが残念なのだなあ……。

以前、香港へ行ったときに、向うの人に、何を土産に持って行こうかと聞いてみたら、椎茸がいい、というので、意外に思ったことがある。

椎茸も、いわゆる〔どんこ〕で、肉厚で傘の上が笑み割れたように白い模様が入っているものが喜ばれるようだ。椎茸のことを中国料理で冬菇《トンクー》と呼ぶのは、〔どんこ〕とどこか通じているのかも知れない。その人の奥さんは、椎茸の料理には、日本の〔どんこ〕が一番いいというのだそうである。

また、あるとき、別の香港の人から、意外なことを聞いた。

彼も、なかなかの食通らしく、しょっちゅう商用で東京へも来ていて、日本の食べものにも精通している。

その彼に、

「日本へ行ったら、食べたいと思うものはなに」

と聞いてみると、彼は、たちどころに、

「フグの刺身と、松茸ね」

と答えた。

私にとっては、これは意外だった。しかし、あとになって、なるほど、そういうこともあり得るな、と思うようになった。香港でもフグは食べるが、煮て、スープにするのがきまりで、刺身では食べないらしい。フグの種類も違うようだ。

そして、松茸は、香りも味も、やはり日本のが最高である、と、彼は保証する。私たちが美味とするものを、異国人の彼もまた美味と認めているのである。

たしかに、松茸は、その気難しさと、とらえ難い風味で、日本を代表する食いものと考えていいのだろう。

それにしても、空はこんなに高いというのに、私の所へ多分来る筈の松茸は、まだ生えていないのだろうか。

とりの研究

この頃の若い人には、アメリカ文化の方がずっと身近になっているが、戦前の日本ではもっぱらフランス文化にあこがれる人が多かった。

絵画、シャンソン、映画、ファッションなど、フランスのもので、われわれの感覚にもぴたりと来るものが多いのは、考えてみれば不思議なことである。国も遠いし、直接の利害関係も、それほど深くはない。国民性にしたって、共通する部分が多いかというと、そうでもなさそうだ。

そのフランス文化が、なぜそんなにわが国でもてはやされたかということを、色々な面から探ってみたら、随分面白そうだが、それはそれとして、フランス人の好みや習慣で、われわれにはよくわからない部分も、また多い。

一つの例でいうと、フランスでは、鶏が、シンボル・マークとして、色々な場合に登場するが、こんなことは、まず日本では考えられない。わが国で、古来からいちばん使われるシンボルは、多分、梅だろう。国花の桜も、梅ほどは使われていないようだ。梅は、皿小鉢、手拭《てぬぐ》い、風呂敷など、あらゆるものの模様としてあらわれる。梅に鶯《うぐいす》という取合せもあるが、梅に鶏というのは、まず見たことがない。

フランスの場合、その鶏は雄鶏である。雄鶏印は、フランスを代表するといっても過言ではないようで、たとえば、フランス代表のラグビー・チームも、ジャージーの胸に麗々しく雄鶏のマークをつけていて、これがナショナル・チームの印なのである。

蛇足のようだが、日本のナショナル・チームのマークは桜の花である。英国の代表チームは、楚々《そそ》たるバラの花、アイルランド代表はクローバーの葉、そして、ニュージーランド代表のオール・ブラックスというチームは、シルバー・ファーンという銀色の羊歯《しだ》の葉のマークで、どうも、荒っぽいスポーツには似つかわしくないような気もするが、まあ、それぞれその国らしい植物として、解らなくはない。

ただ一国だけ、フランスの雄鶏というのが、日本人の感覚からすると、不思議だなあ、ということになる。

鶏は、私たち流の感じかたでは、早起きの鳥というイメージである。強さとか、勇敢とかいう感じはない。むしろ、やかましい鳥という印象がある。だが、かの国に於ては、雄鶏は、われわれの知らない力強さと気高さの象徴であるらしくて、こうなってくると、われわれの想像外である。そういえば、金色の鶏、つまりコックドールの故事だか来歴だかを耳にしたことがあったような気もするが、綺麗さっぱり忘れてしまった。

私たちの鶏のイメージに、もうひとつ芳《かんば》しからざる要素となっているのは、例のブロイラーである。大量の鶏を、短期間に育てるというのは、商売人の理想かもしれないが、その為に、いくつもの弊害が出てくるというのも困ってしまう。

たしかに、養鶏法の技術革新のお蔭で、鶏肉と卵の値段は、かなり安定している。鶏肉も卵も、ほかの食品が値上りしたことによって、ゼイタク品ではなくなった。戦前に鶏や卵が、牛豚などに較べて占めていた高い地位を考えると、この変りようは大きい。

ブロイラーの果した役割というのは大いに認めたいが、一長一短というのは、ある場合困ったことであって、安くてウマいものを要求する消費者の希望の、半分は叶《かな》え、半分は裏切ったのが現状である。

今の食品は、たしかに、一般的に、味が落ちているようだ。

そのなかでも、真っ先に槍玉《やりだま》にあげられるのは、鶏と卵である。鶏や卵を喰うタノシミは、もはや日常にはない。牛乳もそうだし、米はひどい。こういう基本的な食品がダメになったということは、大袈裟《おおげさ》にいうと、国土がだんだんと荒廃しかかっているようで、心細くていけない。

養鶏の方の用語でいうと、ブロイラーは、体重一・一三キロ以下、生後八週間前後のヒナ鳥をそう呼ぶのだそうで、一・五九キロまでは、フライヤー、それ以上になると、ロースターと称するらしい。フライ用、ロースト用、という訳だろう。アメリカ式の分けかただから、恐らくポンド計算で、キロに換算すると半端な数になるのだろうと思う。

本来の鶏は、どうやって喰ってもウマい。

クセがあって、昔はそのために嫌う人もいたくらいだから、好きになれば、本当に好きになってしまう。そういう食物の例としては、同じ鳥の仲間の鴨《かも》なんかが好例だろう。

鶏の各部分で、好きなところといえば、まず、皮である。

昔、焼鳥屋に入ると、必ず、皮を頼んだ。皮には脂が乗っているから、焼いて、ちょっと飛ばすと、なんともいえない旨味《うまみ》が出てくる。タレをつけて貰うよりも、塩味の方がいい。

焼鳥屋のつき出しに、皮を細かくして、辛子で和《あ》えたりしたのがあるけれど、あれも好きだ。

この、皮は、ブロイラーではいけないようである。ぶくぶくして、甘ったるい妙なにおいがする。

それで、何度か懲りて、それから、皮を頼むのに臆病になってしまった。様子のわからない店では、大事をとって、頼まなかったりする。皮のように脂の強いところには、ブロイラーの悪いクセが、いちばん強く出てくるのかもしれない。

焼いたときは皮を喰う、というのは、北京ダックでも、フランスの鴨料理屋でも、同じようである。

北京ダックは、ご存じのように、皮を切りわけて、なかみは、すぐ持って行ってしまう。

「あれッ、持ってっちゃうの」

と、思わず叫んだ人がいるが、その気持はよく解る。フランスでも、最初は皮だけのようだ。

もっとも、このなかみは、二度とお目にかかれない訳ではなくて、肉は肉、骨は骨で、いろいろの料理になる。一コース頼めば、たとえば北京ダックの場合は、肉やモツは別の炒めものの皿になるし、骨はスープになる。そして、鴨の脂と玉子の蒸しものなんかにもなって、満喫出来る。フランスの流儀でも、肉はあとで血入りのソースで煮込んでくれたり、心配はいらないらしい。

皮の次に好きなのは、砂肝《すなぎも》である。

砂肝とレバの入った〔いり鶏〕は、妙に好きなもののひとつで、これを食べていれば大丈夫、という気になる。なにが大丈夫なのか解らないが、だいたい煮ものが好きなせいか、食膳に煮ものの鉢があって、しかも、それが、好きな〔いり鶏〕だと、気持が落ちつくのだろうと思う。ただ、この場合は、レバが崩れると、何種類もの材料のひとつひとつの味が消されて、レバ一色の味になってしまう。それに気を配っておく必要がある。

〔いり鶏〕のもうひとつのカンどころは、野菜や肉の切りかたを、小さめにすることのような気がする。箸の先で、コンニャクやら、ゴボウやら、蓮《はす》やら、ひとつひとつ拾いながら、味の違いを楽しむのが身上で、お煮染《にし》めとはちょっと趣きが違って欲しいのである。特に鶏の肉の部分はサイの目にすると、口当りがまるで変ってくる。

「とりは喰うとも、どり喰うな、っていうでしょう。どりって何ですかね」

と聞かれたことがある。

どり、というのは内臓らしいと見当はついていたけれど、それ以上のことは知らなかった。それで、調べてみると、どりは肺臓なのだそうである。鳥類一般にわたって、肺臓をどりと俗に呼ぶのだそうだ。

どり喰うなの理由は、鳥の肺臓には毒があるという俗説があるからだそうで、さらに判明したところでは、毒があるというのは間違いだそうである。

「つまり、食べてもあまりウマくなかったからじゃないかなあ。しかし、そういう僕も、まだ食べたことはないから、真偽のほどは解りませんがね」

教えてくれた人は、そういった。そして、

「どうです、そのうちに、どりを食べる会というのをやってみましょうか」

という。学者だから、実験をしてみないと気が済まないのかもしれないが、ウマくない筈だと解っていて食べるのは、どうも気が進まない。彼の方はかなり乗り気である。

「結果だけ聞かして下さい。僕は降参」

うっかり色よい返事は出来ない、と思って、断ると、彼はにやにや笑って、帰りにホロホロ鳥の卵をくれた。鶏卵と鶉《うずら》の卵の間の大きさで殻が恐しく堅い。

「うっかりぶつけると、小鉢の方が割れますから、割るときは、気をつけて……」

という注意つきであった。味は、鶏卵より鶉の卵に近かった。

手羽先や、つくねの味も逸することは出来ない。そんなことをいうと、ことさら肉の部分を避けているように思われるかもしれないが、差別をしている訳ではない。

じっくり煮込んだ手羽先の味は、楽しい。あのゼラチン質のウマさは、豚の足のそれとはまた少々違った味わいがあって、軟骨から丹念に嚙み取って行く技術も、豚足の場合よりデリカシーを要する。魚の小骨を一本一本、毛抜きで抜いて行く高級料亭の料理人の心尽しも嬉しいが、喰う側が、喰うための技術を駆使しなければならないというのも、またひとつの楽しみではないだろうか。

つくねというのも、しみじみした喰いもので、また悪くない。クビの部分を骨ごと叩くのだが、糞マジメに出刃で叩かないと、ウマくならない。鍋に入れて煮ても焼いても、とにかく、あの、軟骨が、ぷつぷつと舌にさわって、骨の味がしないと、がっかりしてしまう。

クビの部分は、叩くと、みるみる少くなって、心細い限りである。だから、他の身を補う訳だが、その足し前に、どこを使うかで、随分味が違ってくるが、どっちかというと、脂っ気の乏しい部分の方がよさそうで、脂っ気が多くなると、くどくなるようだ。これをそぼろにして、ごはんの上に乗せると、風格のあるそぼろごはんにもなる。

いったいに、鶏料理が上手なのは、やはりフランスと中国のように思える。フランス人は、トサカのソテーとかスープとか、私たちにあんまり馴染みのないところまで丹念に喰っているし、コック・オ・ヴァンみたいなのは、フランスの代表的料理の一つでもある。中国人には、蓮の葉や粘土でくるんだ蒸し焼きのように、鶏の味をほんのひとなめも逃さずに、とことん味わってしまう天才がある。

そこで、思いついたことだが、たとえばフランスのラグビー・チームは、自分たちの胸の鶏のマークを目にしたとき、勇気と愛国心が鬱勃《うつぼつ》と湧きあがるのを感じるより先に、まず、食欲を感じてしまう心配がないのだろうか。

蕎麦すきずき

手近な夢、ということに就《つい》て、気の置けない仲間で、喋《しゃべ》っていた。

その時に、Ｙが、蕎麦《そば》屋で昼酒、というのはどうだ、といった。

「あれはいいもんです。午後の、閑散とした蕎麦屋で、まだ、ほかの人が働いている時間に飲み始める……」

「無論、独酌だろうね。この場合……」

と、話につき合うのは、飲み仲間のＥである。

「ひとりに決ってますよ。隅っこに坐ってね。昼ひなかから、ちょっと後ろめたいな、という感じで飲む」

「いいねえ、その感じは……」

「ひとりだけですからね。初めはちょっと気取っているけれど、徳利が少し軽くなる頃には、段々、陶然となるね」

「さかなはなあに」

と、誰かが口をはさむ。

「蕎麦屋ですからね。ま、蕎麦ミソなんかがついてきます。ちょっとお膳の上が淋しいなと思ったら、海苔《のり》か、板ワサかなんか」

「玉子焼きもいいな」

と、また誰かがいう。

「玉子焼きもいいです。大根おろしを、よけいに添えて貰ってね。そして飲んでいるうちに、外は段々陽が翳《かげ》りはじめて、酒の味が一層引きたってくる」

「もう暮れちゃうのかい」

「もっと遅らしてもいいです。ねえ、カッコいいと思わない」

「いいねえ」

と、Eは目を細める。呑《の》んべえだから、目の前に、その情景が彷彿《ほうふつ》とするらしい。

「独酌というのは、品がある」

「どこか、人を拒否するところがあるよねえ」

「そうそう、しかも、昼酒とくると、おや、というところがあるよね」

「たとえば、戦争をおりちゃった兵隊なんか、こんな心境でしょう」

「土州浪人、なんのたれがし、故あって……という感じもあるな」

「いいいい、実にいい」

「やりますか、ひとつ」

　YとEが次第にその気になってきたところへ、今まで黙ってにやにや聞いていた下戸のOがYに向って口を切った。

「冗談いっちゃいけない。そりゃ無理だ」

「どうして」

「お前さんみたいな話好きが、どうしてひとりで黙って飲んでいられるもんかね」

　そこで大笑いになった。Yの話好きは有名である。何時間も喋り続けて倦《う》むことを知らないどころか、ますます元気になる。あいつを黙らせるには、飲ませても、ものを喰わせても駄目だし、眠らせるしか方法がないという、私たち仲間の定説があるくらいである。

「そうか、独酌ってのは、そういう不便があるんだなあ」

　と、Yは初めて発見したような口ぶりであった。

中年から上の男たちは、みんなソバが好きだ。なかには、やむを得ず喰っていると
いう人もいるだろうが、やむを得ず喰うものとしても、まだしものものである。
いつだったか、知らない町を連れ立って歩いていて、腹も空いたし、足も休めたい
という状態であった。
見ると、通りの向うに蕎麦屋がある。見るからに見栄えのしない蕎麦屋である。と
いうのは、店が新しくて、どことなくちぐはぐな感じなのだ。
その隣はレストラン。
「ねえ、どうする。手繰《たぐ》りますか、それともハンバーグとかカレーとか……」
引率役のOがそういった。ハンバーグという言葉に、いやに侮蔑《ぶべつ》の響きがこもって
いたので、みんな笑った。
「もちろん、手繰ろうよ」
と、誰かがいった。手繰るというのは、寄席のほうの世界の隠語で、ソバを食べる
ことなのである。
「手繰るのはいいが、……しかし」
Eが薄気味悪そうにいう。
「怪しげな蕎麦屋だなあ」

それはみんな同感だった。

「構えは新しいけれどね」

と、もう一人のEがいった。

「入ると、テーブルが、びちゃびちゃ濡れてそうね」

「そうそう」

と、Yがいった。

「足もとに、青いネギの切れっ端が落っこちてるよ。きっと」

「灰皿はオミクジの出るやつでね。壁にはマヒナの色紙が掛けてあるよ、きっと」

「マヒナと八代亜紀だろうな。きっと」

たちまち連想がひろがる。

「女の子に、テーブル拭《ふ》いてくれって頼むと、びしょびしょの台拭き持ってくるのね」

「そうそう、水のつぶつぶが残って、乾くと縞《しま》になるんだ」

「プラスチックの小皿に、青ネギのぶつ切りと、緑したたる練りワサビ、あの色がいいんだよなあ」

「プラスチックの真っ赤な猪口に入ったウズラの卵がつくよ。まあ見ててごらんなさい」

「目に見えるようだよ。割り箸を割ると、まっぷたつにならないの。長いのと短かいのが出来て、食べ難いのなんの……」

「俺は、でも、ああいう店、わりと好きだな。ああいう店から出前取るんだよな。天ぷらソバかなんか取ると、丼《どんぶり》の上に透明なラップなんかがかぶせてあってさ、湯気で曇ってるの」

「そうそう」

「それをね。しばらく放っとくんだ」

「うわあ」

「すると、海老の天ぷらとソバが、むくむくふくらんでくるね。忘れた頃にラップをはぐと、天ぷらソバがふくれ返ってて、つゆなんか一滴もない。みんな吸っちゃうのね」

「よせよ、おい」

「それを喰うのは、侘《わび》しくていいもんだよ。よく冷えたマカロニ・グラタンと同じくらい侘しい」

「よせったら」

通りのこっち側で、わいわいバカをいっていると、いちばん口数のすくないNが、ちょっと怒ったような声を出した。

「愚図々々してないで入ろう」

一同、急にシュンとしかけると、Nは、にやっと笑っていった。

「大丈夫、死にやしないよ」

入ってみると、みんなで想像した通りの店で、これはおかしかった。

ただ、色紙だけは、八代亜紀と、島倉千代子だった。

「さすがに、ここまでくると、ジュリーはないね。そこがいい」

と、誰かがいった。

みんなソバを取った。随分食べた。酒を飲んだのもいる。

ソバは、すきずきの強いものだが、好みが昂じると、難しいことになる。

どこそこでなければ、と、口でいってるだけならいいが、本当にそうなると、大変で、ましてその気に入った店が遠方にあったりしたら、ふだんはソバを喰えなくなってしまう。

一時期、私は、ソバを食べるのに苦労した時代があった。駄ソバを喰うにも、バスに乗ってかなり行かなければならない。もう少しマシなソバとなると、国鉄を利用して出掛ける。帰ってきた時には、もう腹が減って、またソバでも食べたいということになる。

そこで、ウチで食べるソバの味を、もう少々向上させたいと思って、苦心した。

名前はもう忘れてしまったけれど、干しソバでは、新潟の十日町へんのと、ほかに二つ三ついいのがあって、かなりうまくもどせるところまで行った。コツさえ呑み込めば、お客さんが、

「これは、生ソバですか」

と、首をかしげる程度まではいける。

問題は、ツユにある。

これは、どうしても、多量につくらないと、いい味が出ないようである。

いろいろ名の通った蕎麦屋の真似をして、鰹節《かつおぶし》のほかに鯖《さば》節や鯵《あじ》節を使ってみたり、本返しにしたり、生返しにしてみたり、醤油と味醂《みりん》と、ガスと時間を浪費してやってみた。

そのあげく、或る日、夫婦で顔を見合せて、

「これが限界だな」

と、結論を出した。それ以後は、諦《あきら》めて手を出さない。素人が片手間でつくるものには、はっきり限界がある。

幸い、東京へまた帰ることになって、以来、ソバは、外で食べることにしてしまった。

外では、しょっちゅう蕎麦屋に入る。

今、流行のジョギングをする人たちのなかには、毎日、自分の走った距離を段々足して行って、

「年末までには、ハワイに着くぞ」

などと楽しんでいるのもいる。

その伝でいけば、ソバ喰いだって、今迄《いままで》に食べたソバを、一本一本頭のなかでつなげてみて、その延べ距離を出してみたらいいのである。ひょっとすると月まで行って、今帰る途中なんて数字が出ないとも限らない。

藪《やぶ》と、更科《さらしな》と、砂場と、それぞれ色が違うから、つなげてみたら、なかなか雅なる紐《ひも》が出来るかもしれない。

どうしても尺数を稼ぎたい人は、スパゲティやマカロニ、ラーメンまで繰り込むわけで、こうなると、その紐の、あまりリアルな想像は避けた方が賢明だろう。

考えてみれば、今迄に食べたソバの枚数など、知ってみたいものである。背丈の何倍、程度の概算ぐらいは出来そうなものだ。誰か計算してくれないかしらん。

ソバを食べるときは、だいたいセイロと決っているけれど、たまには種ものも食べる。

冬場は、あったまるために、種ものを取ることが多い。鴨《かも》なん、かきソバ、穴子ソバ、霰《あられ》ソバ、時には、あんかけ。あんかけは、註文する人がすくないが、ちょっといいものである。私は猫舌だから、あんかけのアツアツなんか、とても食べられない。ふうふう吹きながら食べるのも、せわしくて嫌いだから、よく冷ましてから食べる。いつだったか、それをやっていたら、一緒に店に入った仲間はとっくに食べ終って、用足しに出かけてしまった。

「とても待ってられないよ」

というのである。

私としては、気をつかって、精一杯、熱いのを食べているのだが、それでも時間が掛る。それ以来、あんかけは、ひとりの時にしか頼まないことにした。それならば、心おきなくゆっくり食べられる。

種もののなかの異色で、これは喰える、というのを、一つだけ紹介したくなった。カツソバ、というやつである。

そういうと、ソバ好きは、みんな恐しそうな顔をするけれど、これは食べてみなくちゃわからない。

カツソバの通にいわせると、それも、〝冷やし〟に限る、という。

何度か食べてみると、なるほど、その通り。

要は、やや冷たいかけソバの上に、庖丁を入れた薄いカツが乗っているだけの話なんだが、カツとソバとツユの間に、実に微妙な調和があって、これがバカにならない。だいたい、その蕎麦屋は、ソバもツユも、ちゃんとしてるから、そんな冒険も出来るんだろうと思う。

そのカツの方も、その店の売りもので、カツ丼《どん》や、カツ丼のわかれをせっせと食べている客も多い。

お祭しのように、ごく気安い蕎麦屋で、値段も安い。

飯田橋から神楽坂へかかって、すぐの左側、翁庵。くれぐれも申し上げますが、カツソバは、〝冷やし〟に限ります。

蕎麦屋で酒を飲むときに、昔の人がよくやった、〝台ぬき〟というのがある。種ものの、ソバだけ抜いて貰《もら》って、タネとツユで、酒を飲む。

キザな男がいて、ラーメンの屋台へ入って、ラーメンの台ぬきを頼んで、これで酒を飲む。

鳴戸と、支那竹と、チャーシューをつまみ、酒の合の手にツユを啜《すす》る。

これも、やってみると悪くないらしい。

下戸の私は、あとの蕎麦湯を楽しみにする。

セイロを食べ終って、熱い湯桶《ゆとう》に手を伸ばそうとすると、湯桶が、ひとりでに、するすると動いて逃げて行くことがある。

止ったかと思うと、また、するすると動き出す。なんだか、からかわれているような気もするが、眺めていると、面白くないこともない。

蟹の構造

蟹《かに》というと、愛知屋を思い出す。

横浜の伊勢佐木町通りは、私の好きな通りで、随分よく歩いた。古い盛り場だから、なんとなく厚みが感じられる。新顔も進出しているが、古くからの店も健在で、幅がある。

馬車道の方から歩き始めると、初めのうちは、名の通った大きな店が軒を連ねているが、そのうちに、それが飛び飛びになってきて、市電通りを横切る頃から、人の数も次第に薄く、まばらになり、商売ものの種類も変ってくる。場末の色が濃くなってくる。同じ洋品屋でも、このあたりの店になると置いてあるものが違う。実用的な、地味なものが主になる。

蛇や漢方薬を商う古い店とか、元祖牛鍋の太田なわのれん、とか、それよりやや手軽な荒井屋とかは、このあたりの右左にある。太田なわのれんも、荒井屋も、横丁の奥である。荒井屋の横丁には、これまた名の売れた根岸屋があった。

横丁へまぎれ込まずに、どんどん行くと、さすがの伊勢佐木町通りも、そろそろどんづまりになる。このあたりになると、夜はほとんど人影が絶えてしまう。前は南吉田橋。この橋を越えると南区、隣町である。通りの左側、伊勢佐木町の家並みが尽きるその角の店が、愛知屋であった。

白いのれんは、銘酒白鹿の名入り。ふぐ、かに、と、筆太に書いた紙をおもてへべったりと貼《は》って、それぞれ畳一枚近い大きさの、河豚《ふぐ》と蟹のどぎつい絵看板が左右の軒下に嵌《は》めこんである。

そういういかにも場末の酒場らしい構えが、今となっては、なんとも懐かしい。

ここには、タラバとワタリがあって、ほかに、エビ、シャコ、生ウニ、マグロにハマチ、しじみ汁と、ウマそうなものはなんでも揃《そろ》っている。フグ鍋もやる。

伊勢佐木町の散歩をするうちに、この店を知ったのは、十数年むかしのことである。それから、すっかり気に入って、何度も出かけた。それ迄知らなかった分を取り返すような気分だった。

ウイスキーの角壜《かくびん》に、酢が入って、それが、どん、とテーブルに出してある。それを、どぶどぶと注いで、さて甲羅から取りかかる時の気持といったら、まず、ない。

この店は、蟹喰いが多かった。

蟹を上手に喰うのは、やはり技術であって、ある程度腕力も要る。

食べかたなんかどうでもいいじゃないかという人は、一度こういう店に入って、名人上手の間にはさまれてみるといい。どうしたって、わが身が少々恥しく、肩身が狭くなる。俺はまだ蟹を喰うには十年早いのじゃないか、と気がさすことすらある。

蟹好きは、蟹の喰いかたが上手になるつれて、いっそう蟹好きになるのではないかと思う。

そして、日本人が、とりわけ蟹好きなのは、手動式のパチンコと同じく、その扱いに技術を要するからではないか、という風にも思える。

事実、女中がつきっきりで身をほぐしてくれたりする高級めかした店では、蟹の味は半減してしまう。レース編みの鉤針《かぎばり》を大きくしたような妙な道具も金《かな》臭くて嫌だし、あれでは楽しみというものがないではないか。あの、手がべたべたになるのも忘れて身をほぐくる楽しみを、他人に任せてしまうという法はない。

愛知屋では、名手が蟹を解剖する技術を見学した上に、大いに実習を楽しんだ。

勘定も、無論、安い。

タラバで一人前五百円くらい、ワタリが三百五十円見当だから、今から考えると夢のような値段である。一パイ食べれば充分で、ほかのものも取るから二ハイは食べられない。私はいつもワタリを食べた。喰いものは、食べ馴《な》れた味の方がいい。北海道や東北、新潟や福井の人となると、それがタラバだったり、毛蟹だったり、ズワイだったりするだろう。

すっかり蟹臭くなって、おもてへ出たら、一面の霧だったことがある。川も、道も、一様に霧のなかである。その、霧のなかに溶けこんだ夜道を、ひとりゆるゆると帰って行く気分は、すこぶる満ち足りたものであった。

(その後、愛知屋は建てかえをする間、一時裏通りへ移って、それからピカピカな店になった。最近の蟹料理店風になって、見ただけで入るのをやめてしまった。それから後は、行っていない)

最近は、テレビでしかプロ野球を見ない。熱がなくなったのである。

野球の方が変ったからかもしれない。

選手も変ったし、プレイも変った。

職業野球と呼ばれていた頃の方が、よく見ている。もちろん、その頃は、出かけて行くよりほかに見る方法はない。

スタンドから内野手の配置を見下していると、いつも、蟹のようだと思った。動こうとする前の蟹にそっくりである。足を開き、腰を落し、目は油断なく動いて、次なる瞬間をいち早く読もうとしている。間にゴロを打たれる。横っ飛びに走る。グラヴをはめた手は、鋏《はさみ》だ。

塁上の走者も同じである。じりじりと、じりじりと離塁して、投手を牽制《けんせい》する。右左、どちらにも動ける態勢である。穴から出てきた蟹の姿だ。

昔の内野手は、小さな人が多かった。だいたい小さな野球選手は、みんな名手といっていい。そうでなければ生き残れない。

皆川定之とか山田伝とか、近くは吉田義男、三人揃って小さい方の三傑といわれるけれど、名手ばかりである。皆川という選手は、半分くらい地面に埋まっているのではないかと思うほど小柄で足も短かい。ゴロを捕るのは胸のあたりである。腰を落す必要なんかない。この人の守備ぶりはまさに蟹のごとくであった。左右にするすると蟹のように動く。態勢を崩すなんてことはない。近頃の脚の長い内野手をタカアシガニとすると、皆川はサワガニである。安定感が違った。

職業野球の選手たちは、その技術の高さにもかかわらず、一般世間からは冷たい目で見られていた。人気は圧倒的に六大学の方が高い。戦前の日本では、プロ・スポーツの地位は低かった。唯一相撲だけが広く人気を集めていたけれど、これは歴史が違う。職業野球は生れたばかりである。選手たちも、身にしみてそれを知っていた。名前は知られていても、実は肉体労働者ということを、なによりも承知していたのは、この頃の選手たちだろう。まったく、わが敬愛する坪内道則選手のユニフォーム姿なんか、まさに鳶《とび》の頭《かしら》という感じがしたものである。職業野球の魅力は、カッコ良さではなく、どこか屈折した男の商売というところにあった。

これは、戦前の東京で、ごく下賤《げせん》な喰いものとされていた蟹の立場と、また通じるところがある。

戦後のプロ野球の隆盛と、戦後の蟹の人気や値段しか知らない若い人には、この転変の感じは摑《つか》み難いかもしれない。

しかし、あまりに陽の当る場所に出てしまったがために、微妙な陰翳《いんえい》とか、曰《いわ》く云い難い味を失ってしまうということは確かにあるのである。

誰だったか憶えていないが、多分、高名な人だったと思う。その人が解剖学の権威の医学博士と連れ立って蟹を食べに行ったら、さすがに巧みに足を外し、身をほぐすので、感心すると同時に、薄気味が悪かったという話がある。

蟹の足の関節なども、ある程度他の動物と共通するところがあって、急所を心得ていれば、なんでもないのかもしれない。蟹専門の解剖学者なんてまず居そうもないから、専門外でも、およその見当はつくのだろう。

ワタリで、なによりもウマいのは、卵と、いわゆるミソだろう。ミソと呼ばれているのは肝臓とか心臓だそうである。

卵を持ったワタリは、茹《ゆ》で加減が難しいといわれる。卵がいい具合に固まるのに或る時間がかかるし、そうかといって時を失すると身の方が固くなって、味がなくなる。型の大きい小さいにもよるが、二十五分から三十分だという。

もちろん、獲れ立てをナマでイクことも出来て、極め付きの美味は、タラバの揚げたばかりのやつの一番太い足の、いわゆる太身とか棒肉とか呼ばれるところを取って、氷水のなかで、せっせと洗うのだそうである。せっせと洗っていると、蟹の身の繊維が一本一本離れて立ち、〔花が咲いた〕という状態になる。それを生姜《しょうが》醤油か山葵《わさび》醤油で食べるのだが、これは最高だそうだ。または船の中のストーブに乗っけて焼いたり、味噌汁へ入れたり、とにかく船に乗っていないと、まず食べられない味だというから、東京に居てはどうにもならない。

もっとも、冷凍にしたのを湯洗いしても花が咲くんだそうで、これは『北の食物誌』という本からの受売りである。実験はまだしていない。

また、別の本によると、ケガニでもこれをやるのだそうで、その本は硬直前の肉でないと花が咲かない、と確言している。とにかく、生きている蟹を使わなければ、本当の味はしない、と、この本にもくやしいようなことが書いてある。

『北の食物誌』は、かなり涎《よだれ》を誘う本だが、なかに、蟹が神経質な生きものであるという件《くだ》りがあって、これもなかなか面白い。

俗にいう〔月夜蟹は身が薄い〕というのは、漁師の説によると、神経質な蟹は、月夜の晩に、海底にうつる自分の影におびえて歩き回り、すっかりやせてしまうからだそうである。

また、生きたまま遠路を運ぶと、蟹は道中、自分の行く末を思い患い、身も世もなく、やせ細ってしまうから、揚げたらたちまち茹でてしまわないといけない、という説も紹介されている。

生きている蟹を、それ程丹念に観察したことはないが、水族館などで見た限りでは、それほど神経質な生きものとは思わなかった。大いにお見それをした訳で、まあカニしておくんなさい。

蟹の旬《しゅん》に関しては、どうもよく解らない。

一般に、海水産は、子を持つ冬場ということになっているが、ワタリは、夏によく食べた記憶があって、これが結構ウマかった。淡水産は夏が旬というけれど、ワタリはだいたい妙なところにいるから、海水産の蟹でも、旬がいろいろとずれるのかもしれない。一般的にいって、ワタリの旬も一月から四月くらいとされているようだが、土地によってかなりの差があるらしく、子を持つ時期も、その範囲内とは限らないようである。

蟹の旬に関してもっとも厳格なのは、どうも中国人らしくて、たとえば蘇州あたりの蟹好きとなると、「旧暦の七月は雄、八、九月は雌、そして十月は雄」などと、いとも厳しい註文をつけるのだそうである。

私の、香港の知人馮《フン》さんは、

「十月の二十日過ぎにいらっしゃい。それから十一月の初めまで二週間。そしたら最高の蟹を食べさせるよ」

という。

二週間と期限を切られると、なにやら有難味もまた増すが、その頃は、香港あたりで子持ちの蟹のいちばんいいのが手に入る時期らしいのである。

此の頃は、芝や六本木あたりの中国料理店にも上海の蟹が秋空を飛んでくるようになって、楽しみがまた増えた。蒸したやつを、紹興酒から作った酢や生姜醬油で食べるのが一番、酔蟹といって、生きたまま老酒に漬けたのが二番め。

「蟹あるかい」

「あるある。今日入ってるよ。特別いいよ」

「そうか、では行くよ」

釣られて、アクセントがつい中国式になる電話もまた楽しいのである。

ここで、楊万里さんという、日本生活も長く、あちこちの方面で知られた人の著書から、蘇人作るところの好個の詩を引用させて頂く。

秋雲満地夕陽微　黄葉簫簫燕正飛
最是江南好天気　材醪初熟蟹螯肥

（鰯雲は秋空いっぱいにひろがり、はるか地平線までつづいている。

枯葉がひらひら落ちるようにツバメが南へ去って行く。

江南の空はすがすがしく晴れわたっている。もう酒を作る米は実ったし、蟹も肥えた」

（楊氏訳）

そのあとへ、もう一行だけ、

「蟹よ、もう、いいかい」

と付け加えたら、怒られるだろうか。

牡蠣《かき》喰う客

軍歌と軍手――。

昔の軍隊の遺産のなかで、今なお命脈を保っているのは、どうやらこの二つぐらいになったようである。

夜の巷《ちまた》で中高年に愛唱されていた軍歌も、しかし、だんだんと影が薄くなりつつある。

ひと口にいえば、唄い難くなったということかも知れない。

今の空気に合わないというか、かつての経済成長期には、ふしぎに世相にマッチしていた軍歌が、今日このごろは、どうも気持にそぐわない。耳を傾けようとしても、その耳に逆らうような気がしていけない。どういう理由からなのかはよく解らないが、そんな〔なにか〕が、今、感じられる。

ところで、一方、軍手と呼び慣れているあの綿《めん》の白手袋は、わが家では、まだなかなか重宝に使われている。

靴磨きの道具一式を納めた箱のなかにひとつ。

それから、私のスポーツ用品のなかに、ひとつ。

これは、好きでやっているラグビー用で、泥濘《でいねい》戦のためのものである。冬のスポーツだから、雨や雪、霜と、泥んこのなかでやることが多くて、濡れて重くなったボールは、つるつるぬるぬる滑って手につかない。その時に、手袋が役に立つ場合があって、これは軍手に限る。軍手の、指の先だけ切り取って使う場合もある。

もうひとつは、カキの殻をあけるときに使うやつで、片っぽだけである。私のような素人は、これをはめていないと、カキをあけるのに、手を疵《きず》だらけにしてしまう。軍手をはめた手で、殻をしっかり摑《つか》み、カネの箆《へら》を殻の間に差し込んで、ぐいとやるわけである。

馴れないうちは、ただ力むだけで、殻はこなごなになるし、それが貝の身にくっついて、食べるときに、やたら、ぷっぷっと破片を吐き出すという面倒なことをしなければならない。しかし、五つ六つやってみると、切り離すべき貝柱のありかも解ってくるし、箆を差し込む場所も会得出来るようになる。一旦コツを吞み込んでしまえば、なあに簡単なものだ。商売にするほどの数をこなすのは大変だろうが、小人数の家族なら、楽しみ半分、素人にでも出来る仕事で、貝殻が、ぱくりとウマくあいてくれたときの快味はなんともいえない。あとに控えた喰う楽しみの、ささやかな前奏曲というやつである。

歳時記、冬之部、をのぞくと、〔牡蠣《かき》むく〕という項がある。

これを以《もつ》てすれば、カキは、〔むく〕もののようだし、なおカキの項を読んでみると、カキを〔割る〕という表現も、しばしば登場してくる。

〔むく〕か〔割る〕が、カキの殼をはずして身を取り出すときの、常套《じようとう》的な云いかたのようだが、カキを手がけた実感からすると、むしろ〔あける〕というほうが近い。

たしかに、カキを扱っている人の、その手つきを眺めていると、〔むく〕という言葉を思い浮べるし、こつこつと音を立てつつ、たちまち真っぷたつに殼を開く手際は、〔割る〕というにふさわしいかも知れないが、それは扱い馴れた玄人の手際に見とれている人の印象なのである。素人がカキに立ちむかう場合は、そんなふうには行かない。貝殻の閉じ目の線を眺め廻したあげくに、かすかな隙《すき》をやっと発見する。口のなかで小さく「万歳！」と叫びながら、その僅《わず》かな隙間に、おそるおそる篦の先を嚙《か》ませる。うまく嚙んだら、溜息《ためいき》ものである。そして、額の汗を拭《ぬぐ》い、篦を握り直して、殻の扁平《へんぺい》な側の内部に沿って、箆先で貝柱を探る。こんもりした側の殻は、ハーフシェルで並べるときに、貝の身と汁が入る皿になるわけだ。

とにかく、自分の口に入れるものだけに、扱いは慎重を極める。貝の身を傷つけないように、汁を逃がさないように、専門家の何倍という手間をかけて、そろそろとやるので、とても、〔むく〕とか〔割る〕という恰好《かっこう》の良さはない。お願いして〔あいて貰う〕といったところがせいぜいで、あいてくれる度に、ひとことお礼をいいたい位なのだから、初め面白がってのぞきにくる野次馬も、たちまち飽きて退散してしまう。去年の暮に、殻つきが百個近く入った箱を貰ったときには、見ただけで手が痛み、気が遠くなった。ふつう、カキはダース単位で数えるものだと思っていたが、それはレストランの勝手口をくぐってからの勘定らしく、生産者は、もっぱら純日本式の勘定もしくは目方で送り出すものらしい。なんだか中途半端な数だったが、その百個になんなんとする殻つきのカキが、威風堂々、あたりを払って到着したときは、うち一杯に磯の香が満ちあふれ、海が隣に引っ越してきたような気分になった。

しかし、貰ったは貰ったものの、むく手は一本、しかも、縷々《るる》既述の通り、とても急場の役には立たない。

そこで急使を立てて、カキのお裾分けをしたいが、御嘉納頂けるだろうかと、まず、あちこちに瀬踏みをしてみた。

あちこちといっても、それは言葉の綾で、あっちとこっちの二軒である。幸い、御嘉納下さるという返事があったので、我が家の分を残して、その二軒へ、自分で急使に立った。

「え、殻つきなの」

と、そこの主人が心細そうな声を出すので、

「殻つきでなけりゃ、とてもよそさまへ贈りものに出来ない」

といってやった。これは、われながらうなずける言い分であった。

「なに、魚屋で、気軽にむいてくれますよ」

と安心させて、逃げ帰ってきた。

その後どうなったかと、楽しみに待っていると、相次いで電話が掛ってきて、

「実にウマかったが……」

という。

「……魚屋に頼んでも、むいてくれなくて」

「それで、どうしました」

「女房は、やったことがないからというし……」

結局、二軒とも、主人がやらざるを得ない破目に陥って、二人とも手を痛めたそうである。思う壺である。今どきの魚屋は、不親切で、手間賃を出したって、カキなんかむいてくれたりしない。

「それで、手袋をちゃんとはめましたか」

「いや、それが……」

「おやおや、あなたらしくもない」

「うまく出来そうな気がしたんですがね。難しいもんだな」

手古摺《てこず》った様子が、目に見えるようである。

「……指の先の疵というのは、痛いもんですねえ」

「嫌な痛みかたをするでしょう」

「風呂へ入ると、ぴりぴりと湯がしみて、そのたびに恨んでいます」

そういう苦情を聞いているのは、好い気持のものだ。

私は趣味でカキをむいているのだし、カキむきは楽しみと心得ているから、他人の分の楽しみまで奪おうとは思わない。

カキをむくのが楽しいといっても、喰う楽しみに較べたら、それはもう、単なる序曲に過ぎないのであって、その証拠には、むく人は普通お金を貰い、喰う人はお金を払うことになっている。それだけでも楽しさの差は歴然《まさ》としている。もし、カキがそれ程ウマいものでなく、むく楽しみのほうがずっと勝っているとなったら、人はみんなむく側になってしまって、世の中はカキのムキミであふれて、始末に困ってしまうだろう。もっとも、もしそうなったら、むく人がお金を払って、喰う人がお金を貰うようなことになって、これまた妙、といえないこともない。

では、いったい、カキを食べる楽しみというものは、奈辺にあるのだろうか。

行き当りばったり式思考方法によると、カキは、徹頭徹尾、感触を喰うものなのだろうと思われる。土手鍋で不幸にして徹底的に煮えてしまったやつや、カリカリに揚がってしまったカキフライを思い浮べれば、たちまち納得がいく筈である。限りなくナマに近いカキほど、楽しみは多いということで、揚げるとか、ちょっと鍋に入れるとか、酒に浸した昆布を敷いた上で、焼くともなく焼いてみるとかは、オマジナイであって、変化を楽しんでいるのである。

ナマガキのノド越しの面白さは、なにか間違ったものを呑み込んでしまったのではないかという面白さである。

あの、丸い、意外にコロンと充実した袋の部分が、のどちんこを軽く押して、おや、と軽い疑心を起させながら食道へ墜ちて行く。もう正体の確かめようがないかすかな不安と、呑んでしまったからには仕方がないという開き直った気持、この入り混った二つの気分が、カキの味を引き立たせてやまないのだ、というと、いささか大げさになるか。

だいじなことを忘れていた。

視覚を忘れてはいけない。

殻の中に寝そべって、じっと、こっちを眺めているナマガキを一瞥《いちべつ》したとき、われわれを襲う、かすかな戦慄《せんりつ》。あれを抜いては、ナマガキを喰う価値は半減する。暗闇でカキを喰った経験はまだないが、だいたいの想像はつく。喰う前の、カキとの睨《にら》めっこの一瞬を抜かしてしまったら、なんのためのナマガキぞや。

その、ナマガキに、目を感じるという具体例がある。

シェークスピア劇の劇中で、くりぬいた目を足下に叩きつけるという凄《すさ》まじい場面があって、そこで、くりぬいた目の代りに、ナマガキが使われたのを見た憶えがあるという話を聞いた。

ここで、あまり深刻に想像しないで欲しいというと、却《かえ》って想像力を刺激しそうだから、ただ、気を悪くした方には、失礼、と申し上げて置きたい。

残念なことに、私はシェークスピア劇をあまり観ていないので、見当がつかない。

そこで、高名なシェークスピア学者にお伺いを立てると、果して、その先生も、聞いたことがあるとおっしゃる。そして、演じられたのは日本の劇団による舞台だったそうだが、それが果して、本場の英国でされている工夫を踏襲したものなのかどうかとなると、そこまでは確かなことは知らない、という返事だった。

その事実の、細かな穿鑿《せんさく》は、私にはどうでもいいことなのだが、カキに着目して使ってみた最初の男の感覚には驚かされる。同時に、カキに薄気味悪さを感じる神経が、たとえば英国人、フランス人などにあるのかどうか、それにちょっと興味が湧《わ》く。

同じウマいものといっても、米とか納豆とか大根のような植物性食品に、私たちは薄気味の悪さを感じることはないが、動物性食品のなかの、たとえば、貝類の一部や、光りものに属する魚類、カニ、海老などの甲殻類や、動物の脂肪や内臓などの料理を前にして、ある種の戦慄を感じることはないだろうか。

食習慣の違いによる差はあるにしても、ものウマさの要素のひとつとして、得体が知れないとか、薄気味が悪い、まかり間違えば毒ともなり兼ねない、うしろめたさを感じる、などのもろもろを引っくるめた、ひとくちにいえば戦慄というようなものが数えられていいのではないかしらん。カキは、まさにその好例なのではないか。

東海林さだお流にいうと、

〔そして、これは食べもの以外の、なにかを選ぶ場合にも通じるように思えるが、残念なことに、それが何であったか、今は思い出せない〕

ということにも発展しそうである。

ウマいもの、というのは、食べものに限らず、どうもそうであるらしい。

この頃、テレビを見ていて、しばしば驚かされる。

随分前には、

「目の下に熊ができて……」

といった役者がいて、面白かった。

橋と端と箸の区別の出来ないアナウンサーはザラにいるから、

「言葉の橋をとやかく」

などという洒落《しやれ》た表現も出てくる。

そのうちに、

「隣の客は、よく牡蠣喰う客だ」

という人が出てくるに違いない。

しかし、待てよ。そのほうが実感において勝るかも知れない。

葱《ねぎ》肥えたり

霜のたよりがあった。

葱《ねぎ》が肥え、甘くなってきた。

ネギ。

一名を、ひともじ。

その、ひともじの謂《い》われについて、私は長いこと騙《だま》されていた。

騙されたというより、担《かつ》がれたといった方が近いか。

「なぜ、ひともじというか。それはだな、こういう風に、根の方を持って、逆さにぶら下げて見ると、ホレ……」

担いだのは、農家の男である。

「ホレ、人の字だろうが……」

なるほど、ネギを逆さに下げると、途中から分かれた葉の具合で、ぜんたいが、長っ細い人の字の形に見える。

「しかし、余分な葉がついてるね」

「そんなことは、気にしない、気にしない」

彼のいう通りに、あまり細部にこだわらなければ、確かに葱は人文字であった。

此の頃、テレビのなんとかショウで、〔幽霊が映っている写真〕などというのが仰々しく紹介されたりするけれども、人間はどうも自分の目に見えるものを、とかく頼りたがるものらしい。万事、一見に如《し》かずというたとえがある上に、見たものは無理矢理納得してしまおうとする通弊があるようで、私もその例に洩《も》れなかったわけである。

長いこと、それを信じていたが、実は、そうではないらしいということが最近になって解った。

葱という字は、元来〔き〕と読む。臭いもの、という意味だそうである。一字だからひともじと呼ばれたので、人文字ではなく、一文字である、ということらしい。単純明瞭、あっけなさ過ぎて、左様で御座居ますかと白《しら》けたくなる。が、一方、はっきりと、これが結論、という気がした。

葱に加えて、白菜、蕪《かぶ》、大根の、この四白が揃うと、いよいよ、冬ここに在りの感が深くなる。

いったいに、日本の家庭料理、特に冬のものには、白の取り合せが利《き》いている。豆腐や、カマボコはんぺんの類も白である。すき焼き、ちり鍋、寄せ鍋、水たき、と、どう名前が変っても、なにか白を配して、色彩を軽く、もたれないように按配してある。これは必ずしも意図的なものではないかも知れないが、文字通り淡白好みの日本人の気持に叶《かな》っていることは確かなようだ。

たとえば、戦前の庶民の喰いものの代表に鱈《たら》ちりなんてものがあるが、あんな真っ白けな料理を食べている人種は、世界中でも日本人だけではないかと思う。ホワイト・シチューとか、クラム・チャウダーなどはいくらか近いかも知れないが、清浄感という点では、かなりのへだたりがある。

私は東京に育ったせいで、関西の葉葱の、あの青さに、なかなか馴染めなくて、うまいとは思うものの、やはり、葱を食べるとなると、関東の根深（深葱）がいい。青いところはなんとなく敬遠したい気味がある。棄てるところだという頭がある。そのくせ、あさつきやわけぎは喜んで食べるのだが、それは細くて柔かいからという言い訳がつくからである。

昨夜はすき焼きだった。私のウチのすき焼きの煮方は、やや関西風で、割り下を使わずに、煮汁を少くして肉と葱を交互に焼いて行くというやり方だが、葱は着実にウマ味を増しているようだった。

葱の匂いを嗅《か》ぐと、栄ちゃんを思い出す。

栄ちゃんの本名は、矢島栄次郎といって、元フライ級のプロ・ボクサーだった。戦後ダド・マリノから選手権を奪って、日本人で初の世界チャンピオンになった白井義男より少々先輩で、たいへんうまいボクサーとして定評があった人だ。

「白井とは、一勝二敗だったかしらん」

と、栄ちゃんはいっていた。

知り合ったのは、戦後間もなくのことで、栄ちゃんが、いっときやっていたボクシングの地方巡業をやめて、小さな焼鳥屋を、下北沢で開いた頃である。

栄ちゃんが店に立ち、初々しいおかみさんが手伝って、店にはいつも活気があった。栄ちゃんは顔が広かったから、ヨシズで囲った、屋台に毛の生えたほどの店に、いつも人があふれ、客筋も多彩であった。

最近なくなった映画俳優佐野周二さんをはじめ、映画関係の客も多く、まだ映画界へ入ったばかりの高島忠夫君の姿も見かけたことがある。古い銀座を知っている人にはお馴染《なじ》みの花売りの巨漢ジョニーが、ぬっとノレンから顔を出したり、当時売り出しの暴力団銀座警察の顔ききだったキンちゃんが仕立おろしの白背広で颯爽《さっそう》と現われたりする。

その頃の、下北沢という町は、なかなか面白かった。

喫茶店や飲み屋で知り合った私のつき合いの範囲にも、韓国人のヤミ屋、北海道の大牧場のドラ息子、米国兵のオンリー、在外銀行の元頭取、元参謀、麻雀師など、さまざまな人物がいて、それぞれ、自分の生活に没頭していた。

戦火をまぬがれた町、しかも住宅地だっただけに、たとえば新宿のヤミ市などと較べて、人気《じんき》も穏やかで、どこか、昔の郊外住宅地の、のんびりした気分がまだ残っていた。

私は、そうした雑多な人たちに混っているのが好きだった。丁度ハタチになるやならずの年頃だったが、ラジオの脚本料や雑誌の原稿料をいくらか貰えるようになっていた。

その頃には、まだ、横光利一とか中山義秀、萩原朔太郎などという人たちにゆかりの深い喫茶店も残っていた。私はその喫茶店に入り浸って、日がなコーヒーを飲み、シャンソンを聞いた。

〔ロリガン〕という、その店のレコードでは、シャンソンが、いちばん揃《そろ》っていて、ダミア、ティノ・ロッシなどがふんだんに聞けた。

イヴォンヌ・ジョルジュの印象も強い。ダミアのコレクションを聞いていると、半日はつぶれてしまう。そして、暗くなると、そこを出て、栄ちゃんの焼鳥屋へ移動する。

焼鳥屋といっても、栄ちゃんの店のは、ヤキトンだし、値段も安い。だから毎晩でも行けるのである。

或る日、栄ちゃんを誘って球でも撞《つ》きに行こうと思って、早い時間に行くと、奥でまだ下拵《したごしら》えをやっていた。

栄ちゃんとおかみさんと婆さんが車座になって、葱の山と、切り分けたタネを前に、せっせと串に刺す作業をしている。

それが済む迄《まで》は、主人としても、出るに出られない。

「すみません。ちょっと待ってね」

と、栄ちゃんは、にやにや笑って、そっと目くばせをして見せた。

待っているのも退屈だし、刺している手もとを眺めていると、なんだか面白そうでもある。

そこで、面白半分に手伝ってみたのだが、どうしてこれがなかなか難しい。

ヤキトンのタネは、ご存じのように多種多様である。レバ、タン、ハツ、シロ、コブクロ、軟骨、カシラ、ガツ、ハラミなど、やってみると、それぞれ要領が違う。大きいのはひと串に三切れ、小さいのは四切れなどと按配しながら、間に葱を挟んで行くのだが、軟骨を刺すのは、やっぱりホネが折れる。骨片と肉が微妙に入り混っていて、串の先が滑るし、うっかり力を入れると、指を刺しそうになる。シロ（腸）は形を整えるのが難しく、ハツは、意外に串が入り難い。

何本かやっているうちに、すこしばかり要領は呑みこんだが、指先が痛くなって参った。

「結構難しいもんでしょう」

と、栄ちゃんは笑っていた。

その栄ちゃんの店で、毎晩十本くらいのヤキトンを食べるのが日課で、店が閉まると、彼と連れ立って、毎夜屋台を出しているラーメンを食べに行く。

いかつい顔をしたそのラーメン屋は、見かけに寄らない好人物で、作る手際は無骨だが、ウマいラーメンを喰わせるので評判だった。

当時、すぐ近くの細いドブ川の上に板を渡して、その上に店を乗っけた奇妙なラーメン屋があった。

ドブ川は、誰の所有地でもなかったし、使った湯水を棄てるのにも気兼ねはいらないし、うまい所に目をつけたものである。丸い目をした婆さんがやっていて、ここのラーメンもファンが多かった。

「どっちかといえば、婆さんの方がウマいと思うんだけど……」

と、いいながら、栄ちゃんは、私をいつも、屋台の男の方に誘った。どうやら、その男の人柄が気に入っているらしかった。

まだ世の中が落ちつかない頃だったから、喧嘩沙汰もしょっちゅうだった。

或る晩おそく、栄ちゃんと私が並んで、その屋台のラーメンを喰っていると、酔っ払った学生がやってきた。図体の大きい奴で、険悪な顔をしていた。なにが気に入らないのか、ひどく荒れていて、ラーメン屋に喰ってかかった。そのうちに、手で屋台の上を払ったので、私たちの食べかけの丼《どんぶり》は地面に落ちて、惨状を呈した。

栄ちゃんが文句をいうと、その学生は、手を伸ばして、彼の胸倉を取りにかかった。栄ちゃんはフライ級の選手だから、小男の部類に属する。その学生は、なに程のことやあると思ったらしい。腕自慢でもあったのかも知れない。

引き寄せられようとする瞬間に、栄ちゃんは、その力を利用するような具合に、右のパンチを打った。

全く、あっという間の出来事である。

大男はゆっくりと仰むきに倒れた。頭を打ったかなと思ったが、幸いそうではなかった。

全身が痺《しび》れて、動けないのである。

元プロのボクサーの、しかも素手のパンチを急所に受けたらどうなるか、私は初めてそれを見て、これはいけないと思った。喧嘩をする時には、よくよく相手を見極めた上でないと危い。アゴの先端を狙ったのだが、そのパンチの速さ、正確さ、申し分がなかった。栄ちゃんが、元ボクサーの片鱗《へんりん》を見せたのは、あとにも先にも、その一度だけだったが、その印象は、実に目が覚めるようなものだった。


それだけ毎晩、ヤキトンを喰っていながら、同じ串に刺さっている葱の方は、ついぞウマいと思ったことがなかった。どうしても焼き過ぎになってしまうからだろう。

レバとかタンとかがいい加減に焼けた頃には、葱はもう黒く焦げて、ぱさぱさになってしまっている。

葱は葱だけの串でないと、ウマくは喰えないんじゃないか。

いつか、栄ちゃんにそういったら、

「そうかなあ」

と、考えていたが、その栄ちゃんも、伝え聞いたところでは、先年、物故者の数に入ってしまったという。

東京を出て、北へ、近県に車で出かけたとき、帰りに葱を売っている店を見つけると、やはり買いたくなる。

泥葱を一把《わ》二把と買って、後のトランクに入れてくる。

以前、庭のある家に住んでいたときには、いくらでも裏庭に囲っておくことが出来たが、今はマンション住いだから、せいぜい一把がいいところだ。

料理のなかに取合せることもするが、見るからにいい葱があるときは、葱だけ焼くこともある。

フライパンにサラダ油を軽く敷いておいて、ざくざくと適当な長さに切ったやつを焼く。ごく強火で、手早く焼いて、醬油と七味唐辛子で食べると、なかから、あつあつの葱が飛び出してきて、舌を焼く。俗にいう鉄砲というやつである。手早くやるのが身上で、これなら葱が乾いたり萎《しぼ》んだりしない。

もう一つは、細かく刻んだ水々しいやつと、ふわふわにかいた鰹節《かつおぶし》を合せて、炊き立ての御飯に乗せて、醬油を落して食べる。もみ海苔や七味も試みてみたが、これはなくもがなで、葱と鰹節だけがいちばん良いようだ。うちうちで、〔ネギカツ〕と称するのだが、ウマ過ぎて、つい御飯を食べ過ぎる恐れがある。

茹《ゆ》でた葱を、フレンチ・ドレッシングで食べるというサラダ風もあるが、これはやはりポアロ（ポロ葱）には及ばず、〔ぬた〕も、わけぎに如《し》くはなしの感がある。

すき焼きや湯豆腐、鍋一般のほかに、特に、葱を欠かせないものといったら、納豆と、鰯《いわし》のツミレ汁だろう。ネブカ汁もそうだが、納豆やツミレや味噌と、この葱の取り合せの妙に、しみじみと舌鼓を打てるのは、日本に生れたものの特権といってもよさそうだ。

葱肥えたり、そして、冬はここに在る。

大根と寒風

東京に関する新聞記事を蒐《あつ》めた本を読んでいたら、〔練馬大根、ついに退場〕という見出しが目に入った。

その記事によると、練馬区の農家は、その年、練馬大根の栽培を、遂にやめたのだそうである。その結果、練馬で栽培されている大根はミノワセ種だけになって、その作付面積も、もはや微々たるものに過ぎない云々。昭和四十六年六月某日付の記事である。

そんな以前から、練馬大根が姿を消していたとはいささか意外だった。大根畑が、どんどん宅地に変り、キャベツとか洋菜類へと人の嗜好《しこう》が移ったなど、いろいろ理由があるらしいが、要するに、世の中が変った。練馬大根はその変化に取り残されたということらしい。

特に目を惹《ひ》いたのは、その記事に添えられた写真で、〔本格派の練馬大根〕と説明がついている。大根が横になっている図だが、これが実に見事な大根なのである。写真に撮られるくらいのやつだから、きっと特別の上等品だろうけれど、すんなりと伸びた具合や、太さは、見るからに天女《てんにん》の足のようで、こんなのを煮て喰ったら、さぞ柔かくてウマいだろうという感があった。

可笑《おか》しなもので、特に大根など、さして喰いたいとは思わなかったのに、もう作らないといわれてみると、たちまち天下の滋味だったような気がしてくる。東京の都電があらかた廃止になってから、残った荒川線に、あわてて乗りに行くようなものである。未練がましいと嗤《わら》われそうだが、凡夫は、とかくこうしたものらしい。

練馬大根守《ねりまだいこんのかみ》一族の滅亡は、たかが関東の一角が崩れただけの話で、大根全体からすれば、それほどの大事ではないように見えるが、それでも、八百屋や、スーパーの野菜売場で、それとなく観察したところでは、やはり、大根の将来は、かなり暗澹《あんたん》としているように見受けられる。てんでに買物籠や紙袋を提げた買物姿の若奥さん連が群がって買っているのは、レタスとか、みかんの類である。デパートの食品売場へ行ってみると、野菜と魚の売場はガラガラで、人だかりがしているのは、惣菜売場、天ぷらだとか、ハンバーグ、マカロニ・サラダ、そういう出来合いのものばかりが飛ぶように売れている。何某ホテル特製などというバカ値のついた煮込み料理のパックなんかにも結構お客がいるのである。亭主のために、おいしく煮てやろうと、大根を丹念に選《よ》っている奥さんなどは、当節あまり見当らないようだ。この分では、近い将来に、店頭から大根の姿が消えてしまう時が来ないとも限らない。そして、さしずめ、私たちあたりが、大根の味を憶えている数少い人間ということになって、後の世代に、大根の味に就て話して聞かせなければならない日が来るということも考えられる。

さて、もし、そんなことになったら、いったい、どういう風に説明したものか、思っただけで、たいへん難しそうである。大根は、大根以外の何ものとも違う、曰《いわ》くとらえ難い、一種不可思議な味の野菜、……などといったって、ますます漠然とするばかりだし、鄙《ひな》びた味わいのなかに、脱俗の風格があって、などといえば、いよいよ解らなくなるし、とにかく食べたことがない人に、ものの味を説明するというのは、難事中の困難事なのだ。

というヒントから、私のなかで、軽いいたずら心が動き始めた。〔大根の味〕と題した未来小説に託して、大根の種が絶えた後の時代の人たちが、歴史上の、この食用植物を想像し、なんとかその味を合成し、復元しようと試みる姿を描いてみたら、なかなか面白いのではなかろうかと思いついたのである。同時に、今、だんだんと冷遇され始め、売場の隅へ追いやられつつある大根への同情を、その話のなかへ盛り込みたいという下心もある。

とはいうものの、それほど悲観的になるほどのことはなくて、大根の前途には、まだまだ明日もあさってもあるようだ。

此の冬も、おでん屋の鍋のなかでは、厚切りの大根の、よく汁の染みたやつが、ウマそうに煮えているし、小料理屋では、ふろふきが暖かい湯気を立てて、小鉢で運ばれてくる。

べったら市でも、一二軒は、あのウチのは、といわれるのがあるし、沢庵《たくあん》だって、まだまだ昔のままの干しかた、漬けかたを守っているのがある。

「とても、昔のような味には行かないがねえ」

と、謙遜《けんそん》されても、こっちだって、昔の味というやつを、おぼろ気にしか憶えていないから、まだまだどうして、と安心したくなるのである。

もともと、大根は、米、ミソ、とうまく調和して、日本の味の根幹を成している。

それが実は、大根の身の不幸となっているのだが、それに就ては、またあとで書くことにする。

ミソと大根は、まったくよく合う。

大根のミソ汁ほど、平凡で、かつ、飽きのこないものはない。豆腐のミソ汁、葱のミソ汁と合せて、三大ミソ汁といってよさそうである。ワカメはその次くらいにくるかしらん。

私の義兄に当る人物は、大根のミソ汁が好きで、一年のうち、三百六十日は、それを食べていた。

残る二三日を豆腐にしたり、葱にしたりするが、だいたい、判でおしたように、毎朝、大根のミソ汁を食べていた。そういう風に年がら年中大根のミソ汁でも、その味に、おのずと四季が感じられるのだそうである。

「ミソ汁は、やっぱり大根に限る」

と、つねづねいっていたそうだが、その義兄も故人になってしまって、大根党が一人減った。

この義兄の真似ではないが、一年中、毎朝同じものを喰うことに決めてしまうのは悪くない。その日その日で変る身体の調子も、よくわかるし、今朝はなににするかと質問を受けないで済むから面倒がない。そう思いついて始めてみたら、三日と経たないうちに、もう、やめようということになった。

第一に、起きる時間が、はなはだ不規則で、十時だったり、午後になったり、最悪の場合は徹夜のまま朝飯という状態になる。体の具合も機嫌もその日その日で別人のようだから、同じものを食べるのはむしろ苦痛であるということが解った。そうなると、メニューをその日その日で適当に変えるか、生活の方を建て直して、就寝と起床の時間を厳守するかどっちかである。そのどっちかといえば、もちろん毎度胃の具合に合せてメニューを変える方がずっと易しい。たちまち、その安易な道を選ぶことにして、毎朝同じものを喰うという夢は破れてしまった。

毎朝同じ時間に起き、同じものを喰い、同じ電車に乗り、月末には同じ収入がある。それは勤め人にとっては退屈極まりない日常なのだろうが、私のような生活の立てかたをしている人間の目には、実はたいへん羨《うらや》ましい暮しかたなのである。そんな具合に、日常のほとんどを習慣化してしまうことが出来たら、どんなに気が楽だろうかと思う。それを念願にしながら、何十年も出来ないでいるのは、われながらどうも情けない。毎朝大根のミソ汁を喰ってという発想も、判でおしたような生活への憧《あこが》れから多分きているに違いない。

大根の喰いかたには、豆腐ほどの変化はないにしても、いろいろあるようだが、今年の初雪の晩に、ひとつ試みようと楽しみにしているのがある。

関西の、うまいもの喰いの隊長に、大久保恒次さんという方がいらして、この方の書かれるものは、毎度愛読しているが、そのなかに出てくる鍋、ずっと昔、二十年も前に、これを読んだ時には、まさに、うっとりとさせられてしまった。

これは、大久保さんが、法隆寺の老師に御馳走になるというかたちで書かれている。土の七輪の上に土鍋がのっていて、そのなかは真っ白な大根おろしばかり。

やがて、その大根おろしが、音を立てて煮えてくると、老師は、傍の豆腐を杓子《しゃくし》ですくっては鍋に入れ、煮えている大根おろしをかぶせる。そして、ほどよい頃を見計らって、

「さあ、おあがり」

と、おっしゃる。

散り蓮華《れんげ》を使って、小皿に豆腐と大根おろしをすくい取って食べるのだが、これが、雪鍋というものなのだそうである。豆腐の白、大根おろしの白、そして立ちのぼる湯気の白と、まさに白一色、雪鍋の名にふさわしい料理ではないか。

その翌日、大久保さんは、早速自宅で雪鍋の復習をおやりになる。そのときの記述では、大根は五本すらないと土鍋一杯にならなかったそうだ。かなりの重労働で、男手の余っているお寺さんならではである。そして、化学調味料を使い、塩加減で、薬

味にさらしネギと唐辛子を添えてやってみたら、やはり実にうまかった、と書いていらっしゃる。折角の白一色の雪鍋だから、味も塩加減で、白を損わないように、ということなのだろう。これを炊きたての御飯の真っ白なのに添えて食べたら、本当に浮世離れした心地がするだろうと思う。

もっとも、初雪の日に雪鍋では、俳句でいう季重なりと同じようなもので、あまり符節が合い過ぎて、かえって面白さを削ぐような気がしないでもない。むしろ、寒風吹き荒《すさ》ぶ夜に、雪の色をしのびつつ煮るという方がふさわしいのかもしれない。それならば、思い立ったが吉日、今夜か、明日の晩にでも、早速試みてみようか。

大根を煮る匂いは、すぐに解る。甘い、懐かしい匂いである。この甘い匂いは、どこか御飯の炊ける匂いや、餅の焼けるときの匂いと共通するところがある。一種の、乳臭さといった類の匂いだ。これは、日本の主要食品に共通の匂いともいえそうである。

この匂いは、おだやかなようでいて、馴れない人には強烈らしい。馴れた私たちは、ぬくぬくとその匂いのなかに包まれて、いい気持でいるが、うちの娘などは、外から帰ってくるやいなや、

「あら、また大根を煮てる」

と、鼻を摘まんだ。その匂いを嫌うのである。

「家中が、ものすごく匂ってる」

という。

米やミソの味に合うのが、大根の身の不幸というのは、そのへんに理由がある。もう、米やミソに、なんの関心も持たなくなった若い人たちには、まして大根など、食物とは思えないのかもしれない。米飯を離れてしまったら、大根の煮たのも、沢庵も、ウマさを発揮する余地はない。トーストと一緒に喰われたんじゃ、第一、大根の煮ものが泣くだろう。

そんな若者にも、

「これはウマいや」

といわせる大根料理も、ないではない。

若い人は例外なくサラダ好きである。だから、大根をナマのまま喰わせるというのが目のつけ所なのだ。

賽《さい》の目に切った大根を、鰹節か昆布入りの生醬油にそのまま漬けたのが、その一。

醬油に漬ける時間は、三十分で足りる。カリカリとして、いくらでも喰える。

帆立ての貝柱の缶詰を買ってきて、それをほぐし、大根の千六本のナマのと一緒に、マヨネーズで和《あ》える。これは、頭で想像したのと違って、貝柱プラス大根プラスマヨネーズとは違う別種の味になる。一口食べてみて、

「へえ」

と驚くこと請け合い。かなり大量に作っても、たちまちなくなってしまう。この二種類のどっちも、おそろしく手が掛からないから、嫁入り前の娘を持っている人は、教えておけば、のちのち感謝されるかもしれない。

大根の生産農家も、たとえばもっとテレビのお料理の先生などに働きかけて、大根は生食用の野菜、とか、大根を使ったおいしいサラダ、などの宣伝を、さかんにやってみたらいいと思う。お正月の大根ナマスという例もあることだし、換骨奪胎して、洋風の食べかたを編み出すぐらいは、それほど難しいことではないだろう。

冬のさなか、しみじみウマいと思いながら大根を喰う私たちの胸の底には、やがて滅びて行く食物をいとおしむ気持も、また厚い。そして、大根は舌に熱い。

地玉子有り／

むかしむかし、王さまがおりました。

というのは、お伽噺《とぎばなし》の書き出しである。

その王さまが、蚤《のみ》を飼っていた、というと、これは、あの大らかな歌曲〔蚤の唄〕になる。

まだ子供の頃、〔蚤の唄〕のレコードが、私の家にあって、もちろん今でいうＳＰである。

それを手廻しの蓄音器に掛けて、よく聴いた。名歌手の誉れ高かったシャリアピンの高笑いのくだりでは、いつも、少々恐しいような気がした。その頃の私の周囲にいる大人たちは、極めてもの静かだったし、そんな高笑いなど、生れてから耳にしたことがなかったからだろうと思う。

へある時　王さま　蚕を飼い
　大いに蚕を可愛がる

そんなような訳詞を、なにかで見たらしく、今でも憶えている。

エルマンやクライスラーの盤もあった。

面白半分に、いろいろなレコードを引っ張り出しては掛けた。

エルマン・トーンという言葉は、父から教わった。いかにも艶っぽい音だなという感じがしていたので、子供心にもなるほどと思ったが、私の親父も随分酔狂なところがあったと見える。蓄音器の箱よりも小さいくらいの息子をつかまえて、エルマン・トーンを教えるところが可笑《おか》しい。

しかし、小さな時に覚えたことは、不思議と忘れないもので、エルマン・トーンという言葉と、彼のヴァイオリンの豊麗な音色は、妙にはっきりと記憶の中に残っている。

ところで、どうしてこんな方へ話が捩《よじ》れてきたかというと、これもまた懐かしい人物、ファルークのことを考えていたからである。

ファルークは、エジプトを追放された王さまである。返り咲きをはかって、結局それを果せないままに客死している。

この人は、昔風な王さまの典型のような人で、大喰いで荒淫《こういん》で、そしてまたぶくぶくの肥満体であった。

二十数年も前に、なにかの雑誌に、ファルークのことを書いたことがあった。その時、材料にするための記事を読んでいたら、彼の喰いっ振りが出ていて、これが凄《すご》い。たちまち気を奪われて、それ以来、彼が死ぬまで、この愛すべき王さまのファンとして、身の上を案じたものである。

なにせ、このファルークという人は、大の玉子好きと見えて、朝食のときにまず、一ダースから二ダースの玉子を平げてしまうという。

嬉しい王さまである。どこかお伽噺の尾を曳《ひ》いている。国を追放されたとはいえ、世界でも有数の財産家だったそうだから、玉子ぐらい、いくら食べたところで、物の数ではないだろうが、その貪食《どんしよく》振りが、少しばかり異様である。

漁色の方でも大へん忙しかったようで、亡命暮しの間も、いつも四五十人のお供を従えていて、その中にはお気に入りの美女が何人も入っていたらしい。

貪食、荒淫というのは、専制君主国の長《おさ》の特権でもあるし、伝統でもあるけれど、ファルークのそうした日常について、思わず連想するのは、大型の欲求不満である。

国を追われる王さまの悲哀が、あの大兵肥満の肉のかたまりとなり、もって行き場のない不満が、ひと山の玉子や美女たちに向けられていたのかも知れないと思うと、私はいささか暗然とした気持に囚われてしまう。

貧しくて悲しい、という身の上は、これは筋が通っている。しかし、富んでいて悲しいという状態も世のなかには間々《まま》あるもので、ファルークはこの典型的な例として、いつも私の脳裏にある。

貧しさは、いつかは解消出来るという希望を持てるが、富裕の頂点にあって、かつ欲求不満にさいなまれているとなると、これはもうどうにもならない。

まさにお伽噺のテーマそのまま、人生本来の悲哀そのものが、ファルークの一生だったような感があって、私は、朝食の半熟玉子の殻を匙《さじ》の先でこつこつと突きながら、ときたま彼を思い出し、いくらか感傷的になったりする。

ファルークが玉子好きの代表だとすれば、反対党の代表は、映画監督のアルフレッド・ヒッチコックだろう。

ヒッチコックの作った映画には、好きなものもあるし、嫌いなのもある。しかし、出来のいい場合の面白さは、やはり抜群といえるところがあって、巨匠、名匠という形容詞が横行する映画界でも、名監督といえる一人だろうと思う。殺人のシーンというのは、文字通り殺伐として、齢を取ってくるとあまり見たくないものだけれど、ヒッチコックの殺人シーンには楽しみがあった。不思議に血腥《ちなまぐさ》くなく、衛生的で、保健所も文句がいえないような感じがある。

そういう点が喰い足りない映画ファンも多いのだろうが、私は映画を娯楽として観たい方なので、殺しかた一つにしても、さっぱりして気が利いているのがいい。

ヒッチコックは、自分の映画のなかで、随分大勢の人を殺しているだけに、手口に危なげがなく、観る側は、安心して、純粋なショックだけを味わえばいいようになっているので、そこは大へん有難いのである。ショックといっても、目のさめるような美女を見たり、壮大な景色を眺めて息を呑むというのと同質のショックだから、精神衛生上も大いにいいのではないかという気がする。

そのヒッチコックの映画の一シーンに、登場人物が、朝食のテーブルから立つときに、ちょっとした芝居を演じるところがある。

ごくさりげなく演じてのけるのだが、観た方にはこたえる。

初老の婦人、だと思ったが、彼女は吸いかけの巻煙草を、手つかずのままの目玉焼きの黄身のまんなかに、ジュッと突き立て、ぐっとひとひねりして、やおら立ち上るのである。

これは正直なところ、恐かった。自分が煙草を突き立てられたような気がした。なんとはなしに、大写しの玉子と自分が一心同体になっていたような感があったので、なおさらだった。

　観る側の心理状態を巧みに利用した暴力シーンといったらいいのだろうか。まんまと意表をつかれたのである。そのヒネクレかたには、やはりシャッポを脱がざるを得ないと思った。

　嘘かまことか、信用の限りではないが、ヒッチコックは、大の玉子嫌いということになっている。テレビのシリーズ〔ヒッチコック劇場〕や、自作の映画のなかに登場する彼を見ると、頭の形はまるで玉子そのものだから、そういう点から玉子嫌いになるということは確かにあり得る。または、あの肥満体からして、コレステロールの心配から、医者に玉子を制限されていたかも知れない。どっちにしても、ヒッチコックは、玉子に対して或る敵意というか特別な感覚を抱いていたようで、そのへんをもう少し探ってみたら、なにか面白い話が出て来そうな気配がある。

　デザイナーとしての才能、という点では、神さまは、それほど勝れているとはいえないようである。

　たとえば、代表作を人間とすれば、どうも設計ミスのような部分がかなり発見出来る。

背中の或る部分が痒《かゆ》くても、手が届かないとか、目とか歯などの耐用年限が、ほかの器官にくらべて短かすぎるとか、人間をもし設計し直すとしたら、改善して貰《もら》いたい点がかなりあるのである。

それに較べて、玉子は、よほど調子の良い頃の作品のように思える。形の美しさ、これはまさしく造型美術の原点というか、お手本というか、間然するところがない。殻の色も美しい。

それと同時に、この形は、機能的にも万全なのである。つまり、産み易い。つるっと産んでみて、〔ああ、これくらい簡単ならば、もっと産んでもいいな〕と、親鶏に思わせるところがだいじなのだ。

お蔭で私たちは年中玉子に不自由しないで済む訳で、もし、産むのが人間の場合のように大ごとだと困ったことになる。大方の鶏が一年に一度、一個だけしか玉子を産まないという仕儀になったら、人間の台所は大へんである。

産み易い形であると共に、玉子の形は、転がしても、自然に或る大きさの円を描いて、それよりも遠くへは転がって行かないようになっている。殻の堅さも、まず理想的で、中から雛鳥が出て来られない程堅くはない。小鉢のふちに当てると、気持よく割れる。小鉢のほうが割れてしまうということはない。

二重構造になっている殻を割ると、内部の構造も実に、簡潔で、計算しつくされたものであることがわかる。

そんなことは、しかし、玉子を食べる人なら誰でも知っていることで、今さら説明するまでもなさそうだ。

玉子は、当然のことながら、仔の一歩手前である。そして、見たところ、生きているのか、死んでいるのか解らないところがある。

ふつう、私たちが口にする玉子は無精卵だから、いくら温めても孵《かえ》る心配はない。子供の頃は、このへんが極く曖昧《あいまい》で、薄気味が悪かった。まだ、玉子は大量生産の段階には入っていず、飼いかたにしても、放し飼いに近い形が多かったと思う。だから、どの玉子も、温めていれば孵ってひよこになる可能性がありそうだった。

生の玉子を割ったときに、黄身の上に、ごく小さな血の点がついているのがあって、そのなまなましい血の色を見ると、どうも恐惶頓首《きょうこうとんしゅ》して、ごめんなさいと謝まりたくなるときがある。

茹《ゆ》で玉子になっていても、黄身の外側が灰緑色に変色しているのが、少々怪しげである。

なんとなく緑青が吹いたような印象を与えるのである。それに、茹で玉子には特有の硫黄臭さがあって嫌だった。

無難なのは、オムレツである。あまり気になるところがない。だから、子供のときは専《もっぱ》らオムレツを食べていた。そのほかの玉子料理は、茶碗蒸しはまだしもだが、ほかのものは、出来れば食べたくないというのが本音なのである。

その頃、つまり、小学校にあがる前だろうと思うが、近くの玉子屋にお使いに出されたことがある。

私たちの住んでいたあたりは住宅地で、店というのは、まずない。あっても一軒ずつ飛び離れていて、文房具店とか、玉子屋とか、素人商売または隠居商売のようだった。

玉子屋の店は、古びたしもたや風の家である。ガラス障子には曇りガラスが入っていて、ふだんはそれを開け放してある。おもてには看板もなにもなくて、ただ〔地玉子有り〼〕と、きちんと筆で書いた小さな紙が門口に貼《は》ってあり、それが埃《ほこり》っぽく汚れてくると、また新しく書き直すらしかった。

その日に限って、締めきってあったガラス障子を開けると、店の中は暗くて、空気はひやりと冷たかった。

三和土《たたき》の上に足のついた木の台が置かれ、いくつかに仕切った台の上に、もみがらを敷き、その上に玉子がいく山か積み重ねてあった。ひと山ごとに、値段が違うのである。

店のなかは狭く暗いのに、玉子の山だけは白く明るくて、ひとつひとつ綺麗に拭《ふ》かれ、一分の狂いもないほど、整然と積み上げられていた。その癖に、玉子の数は、全部で百個もないのである。

声を掛けても、返事はなかった。

台の向うは、すぐ障子で、黒くすすぼけたその障子の先で、ことりとの物音もしない。

もう一度声を掛けるのも憚《はばか》られるような静かさであった。

当惑した私は、もう一度店のなかを見廻しながら、どうしようかと迷った。

見ると、みっちりと積み重ねられた玉子がなにか巨大な虫が産みつけた卵の塊に思えてきた。

私は、外へ飛んで出て、長い坂を下り、家からはうんと離れた商店街の肉屋まで、玉子を買いに行った。その肉屋では、もう店先に煌々《こうこう》と電灯が点いていて、そこの玉子は少しも恐くなかった。

今、私は玉子料理は何によらず大好きだが、玉子料理と対《むか》い合っていて、ときどき〔恐いな〕と思うことがある。

ふぐと分別

ふぐの味を覚えたのは、戦後になってからである。

知合いの釣好きが、東京湾で、山のようにふぐを釣ってきた。大きな風呂敷包みを解くと、ごろごろとふぐが転げ出たので、びっくりした。戦後、まだ何年も経っていない頃で、今のようにアイス・ボックスみたいな気の利いたものはない。臭気や雫《しずく》を気にしいしい、飛ぶように帰って来たらしかった。

結構大きなふぐで、一尺の余はある。そんなふぐを、それだけ沢山見たのは初めてで、驚いていると、庖丁を出せという。

「喰うのかい」

と聞くと、勿論だという。ふぐ専門に釣ったのだそうである。

「大丈夫かね」

と、危ぶむと、彼はしょっちゅう食べているし、この種類は大丈夫だと自信たっぷりである。そして、

「つくって、置いて行くから、鍋にして喰うといい」

と、さっさと料理にかかった。姿のままだとどうも気味が悪かったが、おろして、皿に盛られた身は、ごく普通の魚の身に見えた。

抜いたワタはどうするのかと思っていると、便所へ持って行って、みんな水で流してしまった。

なるほど、と、感心しているうちに、すっかり準備を終った彼は、

「ま、やってごらんなさい。ウマいから」

というと、また、ふぐの大風呂敷をさげて、あたふたと帰って行った。まだ、あっちこっち配る先があるらしい。

幸い、台所には野菜らしいものがあったし、鍋を始めようと思えば、出来ないことはない。

そうも思ったけれど、大皿一杯のふぐは、とても喰い切れそうもない。それに、一人で喰うのはどうも心細いような気もする。

そこで、電話を掛けて、仲間を一人を呼び寄せた。

「なに、ふぐ。よし、行く」

頼母《たのも》しい味方である。それに、戦時中のマナーがすっかり身についていて、米と小さな罎《びん》を持って来た。

小さな罎のなかみは、白い、細かな結晶で、なにかと思ったら、酒石酸だそうである。

酒石酸なら、子供の時分から、お馴染《なじ》みだった。それを使って、サイダーを製造して遊んだ憶えがある。ラムネだったかもしれない。どっちにしても、へんに甘ったるくなったり、すっぱくなったり、上出来だったことは一度もなかった。

彼の話によると、酒石酸は、相撲部屋でチャンコ鍋をするときに、酢のかわりに使うのだということだった。現在の相撲部屋が、酒石酸を使っているかどうかは知らないが、戦後の或る時期には、そんなこともあったのかもしれない。

彼は、大皿に山盛りのふぐを、しげしげと眺めて、

「しかし、大丈夫かね」

と、やはり念を押した。

「わからない。……でも、まだ一度も当ったことはないと威張ってたぜ」

「素人の庖丁だろ。危ねえなあ」

「自信がありそうだったが」

「それが危ないんだ。……しかし、ウマそうだな」

ためつ、すがめつ、四つの目でしばらく眺めていたけれど、いくら眺めていても、一向に埒《らち》はあかない。おそるおそる、鍋を仕立て、煮えたふぐの身の、その端の方を、ひと口やってみた。そして、思わず顔を見合せて、うなずいたものである。

ひときれ食べたら、もう止まらない。あっという間に、二人で山盛りのふぐを平げ、あとをオジヤにして、まさに飽食した。酒石酸の味も、悪くなかった。ウマいものに飢えていた頃のことだから、ただウマかったというだけで、細かな味の記憶なんか、まるでない。食べたのはショウサイふぐか、クサふぐか、そんなことも聞いておく余裕がなかった。

ただ、初めてふぐちりを食べたということと、東京湾のふぐでも決してバカに出来ないと知っただけでも、私には大収穫に思えた。

その翌朝、目が醒《さ》めたとき、私は、前夜のふぐのことなんか、まるで忘れていた。

そして、思い出したとき、猛然と、また食べたくなった。

私がまだ子供だった頃、私の家では、ふぐは食べなかった。いったいに、そういう習慣だったようである。

ふぐは、外で食べるもの、というのが普通だったようで、食べさせる店も、昔からの縄のれんのような店か、うんと高級な店か、そのふた手しかなくて、私の家のように、ごく並みの人種は、そのどちらにも縁がなかったということらしい。だから、東京生れで、ふぐの味を知らずに大人になったという人も随分多い筈《はず》だ。

「ふぐなんかに当って死んだりしちゃ恥だ」

という考えかたも、根強く残っていたように思える。これも、東京あたりではふぐは下品な喰いもの、とされた時代が長かったせいだろう。


その、上等な方のふぐの味も、その後間もなく知るようになった。

仕事の都合で、ときどき、神楽坂のさる家へ籠ったのだが、ここは土地柄、うまいものの出前が取れるので、たいへん気に入った。

気に入ったはいいが、心配でもある。

その頃の私程度が使うよりは、格上の家なのである。

私も、一緒に入った仕事の相棒も、戦争ですっかり貧乏性になっているから、なんだか気がひけていけない。

様子を見に来たラジオ局のプロデューサー、つまり金主に、そっと聞いてみた。

「いいのかい。ここに居続けると高いぞ」

すると、その男は、壮快にわれわれの取り越し苦労を笑い飛ばした。そして大きくうなずくと、

「まかしとけ」

といった。

私たちは、それですっかり気が楽になったが、楽になり過ぎたせいか、一向に仕事は捗《はかど》らない。

二人顔をつき合せて、ぽつりぽつり世間話をしていると、冬の日はたちまち暮れてくる。

すると、静かに襖《ふすま》の向うから声が掛って、その家を取り仕切っている女性が入ってくる。

「お晩は、なににしましょうか、ふぐか、すき焼きか、それとも……」

ふぐ、大いに結構、と、たちまち意見がまとまる。

どこから取ったのか、聞いた屋号を忘れてしまったけれど、程へて大きな京焼の鍋が運び込まれ、用意のガス焜炉《こんろ》の上に据えられる。ふぐと野菜を盛った大皿が運ばれ、

座敷の空気はたちまち湯気と火っ気で、にぎやかに動き始める。

「今日はもう仕事を忘れて、……あしたっからということで、ま、一杯……」

相棒は、そんなことをいって、女性にお酌をしている。その女性は、いつも、ちょっと泣いたあとのような顔をした、風情のあるひとだった。

ヒレ酒を飲み、白子を食べ、オジヤで仕上げて、堪能して寝てしまう。

こんなによく眠れるのか、と呆《あき》れるほど、よく眠れるのである。ふだん寝不足続きだから、それがどっと出るらしい。

毎日、そんなことをやっているのだけれど、不思議にふぐには飽きない。

「飽きたというまで、毎晩ふぐでいいや」

と、決めてしまった。

その間、日に一度は、電話が掛ってくる。

「どう、捗ってるかい」

「うん、それがだな、ちょっと……。ここを乗り越えりゃあとは……」

「相談に乗ろうか」

「いや、もう少し進んでから頼むよ。ここは二人で切り抜ける」

そんな生返事で、お茶を濁しているうちに、本当に仕事にならなくなってしまった。

「おい、一度解散して、家へ帰って、別々に書こう」

覚悟を決めて、解散することにする。

帰るよ、というと、彼女は不思議そうな顔をして、

「出来ましたの」

「出来ました」

「ほんと」

驚いている。それも道理で、われわれが仕事をしている姿なんかついぞ見ていないのである。

引き揚げるときは、内心ではやはり淋しかった。ふぐちりと別れるのも淋しかったし、仕事が出来なかったのも大きな原因になっている。

そういうお籠りを何度もやっている。

期末になると、勘定書が廻るらしくて、金主から電話が掛ってくる。

「おいおい、凄《すご》いぞ、凄い勘定だ」

「うん、大分せっせと頑張ったから」

「そうか」

電話の向うで、からからと笑う声がする。

「ま、いいや」

小気味のいい男だった。払ってくれる放送局も放送局だった。いい時代だったのかな、とも思う。

その後、相棒の男と会うことがあると、彼は、

「また、雪見て一杯、といきたいな」

と、懐かしげな顔をした。雪という字は、その女性の名前の中の一字である。


ふぐ刺しの皿のなかで、まず手が出るのは、皮の部分と、それから、ゼラチン質のような半透明の、ぷりぷりした部分である。

ゼラチン質のようなのは、ふぐのどの部分なのだろうと思っていたら、皮の下にもう一つある膜なのだそうである。皮が着物とすれば襦袢《じゅばん》に当る。ここを、さっと湯通ししして、細切りにしたのが、それである。

なんでも知っている粟屋さんという知人の本によると、そこをトオトオミと呼ぶんだと書いてある。トオトオミは遠江の国、三河の隣国である。つまり、身皮の隣でトオトオミ、日本は風流な国である。

ふぐ刺しは、白身の肉のところだけを食べていると、なんだかとらえどころがなく

て、索漠としないでもない。皮を食べ、白身を食べ、トオトオミを食べ、また白身を、というふうに食べて行くと、三者補い合い、援けあって、なるほどという味が出るような気がする。

意地が悪いようだが、ふぐ刺しの皿を、じっと眺めていると面白い。皿の模様がすけすけに透いて見えるような薄造りは、見る見るうちに縮んできて、そっくり返る。ふぐは、引く、といって、引くように薄く薄くそぎ切りにするから、縮みかたが均等でなくなるのかもしれない。ひどいのになると、皿が出てきたときから、てんでんばらばらにそっくり返って、花びらのような美しさというより、もう、すがれた花になってしまっているのがある。皿の上がすがれないうちに平げてしまえばいいのかもしれないが、それもいそがしい。関西では、いくらか厚くつくるようだが、あの方が気楽でいいと、時々思うことがある。

もっとも、東京流に薄く薄く引くのには理由があって、嚙んでいるうちに、ポン酢の味がなくなってしまうのを嫌って、そうするのだという。身が堅い魚だから、それも工夫だなあとうなずけるが……。

ふぐは食いたし、命は惜しし

ふぐを食べるのに分別と闘ったのは昔の話で、今はふぐの毒を気にしながら食べる人はあまりいない。

「ふぐよりはね。今はキノコ」

と、ここ何年かキノコに凝っている男がいて、そういう。

「……これは恐いよ」

キノコというのは、まだ、まるで研究の行き届いていない分野だそうである。日本に自生するキノコの種類だけでも、まだ摑《つか》めていないのだそうだ。

キノコ学会といえば、専門家の集りだが、その人たちでも判別出来ないような代物が、次から次へと見つかるのだという。無毒か、有毒か、そんなことは更にわからない。

「一か八かで、目をつぶって喰っちゃうんだけどね。その恐いこと……」

それが、バカバカしくウマかったりするのだそうだから、そりゃスリル満点だろう。

ふぐ党の過激派が、

「キモを喰わなくちゃ話にならない」

とか、

「唇が痺《しび》れるくらいの、スレスレの味」

なんて、きわどい綱渡りをするのといい勝負である。

人間は、分別をどこかに置き忘れたときに、生き生きとしてくるらしい。困ったことに。

わが回想のトロ

子供の頃は、鮪《まぐろ》が嫌いだった。

鮪に限らず、魚はあまり好きではない。

肉も、牛肉以外、食べたがらない。

虚弱児だから、食事に興味がないのである。

そのくせ、菓子には目が無い。

菓子が欲しくなると、隣の祖母の家へ駈け込んで行く。

祖母の家は、旧式で、いったいに薄暗い。

その薄暗い家の、薄暗い茶の間に、長火鉢が据えてあって、恰幅《かっぷく》のいい婆さんが、でんと坐っている。

そして、長火鉢の抽《ひ》き出しから、醬油のよく染みた草加煎餅《せんべい》やら、磯部の鉱泉煎餅を取り出して、私や弟に手渡してくれる。

ふだん母から貰うおやつは、ビスケットとかケーキの類だが、どうも、祖母にねだる煎餅類のほうがウマい。それで、遊んでいる途中でも、思い出しては祖母のところへ飛び込んで行く。母は、祖母の手前、叱ることも出来ず、腹のなかでは面白くなかった筈《はず》である。私が夕食の膳に向って、箸《はし》を動かしかねていると、

「お菓子ばっかり食べているから……」

と、母はよく呟《つぶや》いたものだ。

うちに出入りしていた魚屋は、魚源といった。毎日、経木に書き流したその日の品書きを持って、ご用聞きに来ていた。はじめのうちは爺さんの源さんが来ていたが、そのうちに息子に代った。

魚源というのは、いい名前である。魚の源だから、元締めである。魚ならなんでもこいという頼もしさがある。

「ウオゲンのゲンっていうのは、名前でしょう」

と、弟が聞いた。二つ下の弟である。

「そうだ」

小学生の私でも、それくらいは知っている。

「ただ、ゲンっていう名前かなあ」

「さあ、知らない。ゲンタかゲンゾウか、そういう名前じゃないかな」

「ゲンゴロウじゃないかな」

「そうかも知れない」

私と弟は、ゲンゴロウという名前が気に入って、以来魚源は、源五郎に違いないと決めてしまった。

ある日、ちょっと遠くまで遊びに行った私は、偶然、その源五郎の店を発見した。二間間口くらいの小さな魚屋だが、大看板に、魚源、と、威勢のいい字がピンピンはねていた。その看板は、木製に金字だったようなおぼえがあるけれど、なにせ四十年も前のことだから、確かとはいえない。

店先の大俎《まないた》の前で、源五郎親分は、シャッシャッと庖丁を揮《ふる》って、横たえた大魚の鱗《うろこ》を落している。多分スズキではなかったかと思うが、飛び散る鱗の勢いに、魚馴れない私は辟易《へきえき》した。

息子のほうは、ゴム長を穿《は》いて、ホースの水で、タタキの上を流している。その魚臭い水が、みるみる道のほうまで溢《あふ》れてきて、運動靴を濡らしそうになるので、私は慌てて逃げ出した。

それからちょっとの間、魚の白い腹と、飛び散った鱗の光が目にちらついて、お膳の煮魚や焼き魚をよく残した。

その頃の私のうちでは、刺身はあまり食膳に載らなかったように憶えている。刺身の場合は、平目が多く、次に鮪、ときとして鯛《たい》である。イカのこともある。来客のときに、いつもの大皿と違って、小鉢に盛った刺身が届くことがあった。それを覗《のぞ》いてみると、いつもの鮪とは、だいぶ色が違う。色も艶も違うし、なんだかウマそうに思える。食べてみたかったけれど、子供には、別に取ったふだんの鮪があてがわれて、その、ウマそうなやつは客間のほうに姿を消してしまうのである。

そのウマそうな鮪というのは、今でいう中トロのまだ手前だったような気がする。大トロはもちろん見たことがない。昭和の初めの家庭では、まだまだ鮪の、あぶらの少い部分を食べていたのかも知れない。その後、友だちの誕生日かなにかに呼ばれて行ったら、御馳走のなかの握り寿司にトロが入っていた。トロを見たのは、それが初めてで、随分綺麗なもんだなと驚いた。驚くと同時に、ちょっと気味も悪かった。

その頃、まだ虚弱児の時代のうちで、年がら年中、小児科に通っていた。なにしろ、生れたときからのかかりつけの先生だから、私の身体のことは、私より詳しい。そこの病院では、私は「お泣きの拓ちゃん」と仇名をつけられていて、大した顔だった。

チビの頃に、よっぽど泣いたらしいが、そんなことは憶えていない。

中学一年の頃、大腸カタルかなにかに罹《かか》って、そのときも、やっぱりその小児科に入れられてしまった。

寝ているうちは、まだよかったけれど、起きて病院のなかを歩けるようになってからが恥しい。中学生がパジャマを着て、小児科の中をふらふら歩いていては、どうも沽券《こけん》にかかわるような気がする。他人から見ればなんということもないし、先生も母親も、まだ子供のつもりでいるから平気で、気にも掛けないが、こっちはなんでも気にする年頃である。やっと退院できた日に、早速宣言をした。今後もし病気になっても、もう小児科には行かない、と宣言したのである。

不思議なもので、その宣言をしたら、その後、絶えて病気をしなくなってしまった。以来何十年、どうしたのかと心配する位、病気と縁が切れてしまった。

病気の問屋を廃業すると同時に、急に食慾が出始めた。自分でも驚く位、食べるようになった。

それが昂じて、一升めしでも喰いそうな勢いになった頃、戦争もまた酣《たけなわ》となった。

接吻のことを、〔オサシミ〕という言いかたがある。隠語辞典（楳垣実編）で当ってみると、明治時代に花柳界で流行した隠語だそうだが、隠語というのは、どこかナマナマしいところがあって面白い。接吻をオサシミとは、とらえ得て妙である。

「うまい言いかただけれど、もうひとつ判然としないのが気に入らない」

と文句をつけるのは、ふだん謹厳な某である。

おもてむき謹厳な男というのは、内実はひどく猥雑なのが相場で、この男もその例に洩《も》れない。まして親しい仲ともなると、猥雑一本になって、その変貌ぶりは、実に可笑《おか》しい。

謹厳な面についているファンには申し訳ないから匿名にするが、この文筆家の本当の魅力は、実はその猥雑な面にあるのである。

「オサシミとは、要するに、その干与する部分の、見た目のことなのか、感触なのか、そこがハッキリしなくちゃ困る。漠然とそういうだけでは無責任だ」

謹厳男は、酒臭い息を吐きながら、そう力説する。

「曖昧《あいまい》はいかん。今夜という今夜は、なぜオサシミなのか、そこを明らかにしておきたい。おかねばいかんのだ。……水割りお代りして頂戴」

文筆業者は、どうもこういうところが厳格で、ときとして閉口するが、なるほど、そういわれてみれば、オサシミというのは漠然としている。

私の想像では、多分あれは、刺身を食べるときの感触からではないかと思う。刺身の一片を、端からつるりと吸い込んでみれば、納得できるのではないかと考えるのだが、実験しようと思いながら、刺身を前にしたときは綺麗に忘れていて、結論には達していない。

また、オサシミという隠語には、もうひとつの用法があるのである。〔あいぼれ〕と書いてあるが、これは恐らく相惚れだ。これはどう考えても、刺身の切れが、ぴったりと寄り添っている印象からに違いない。

そんなふうなことを並べて、その場は胡麻化《ごまか》して、その後久しくその謹厳男には会わなかった。

かなり経って、或る会合で、彼と出喰した。

すると、彼は、額を叩いて、

「ええと、なにか、いうことがあった」

と、天井を睨《にら》んで唸《うな》っている。

「どうせロクなことじゃあるまい」

と冷やかすと、それで思い出したらしく、目をむいて、

「例の、刺身をやって見たぞ、やっぱりあんたのいう通りかもしれない」

という。端からつるり、という、あのやりかたである。それによると、まさしく感触説の正しさがわかったというのである。

「鮪でやってみたか」

「鮪でやってみた」

「そりゃよかった。あれはやっぱり鮪でなけりゃわからない」

「その通り」

「ひとつ利口になったような気がするだろう」

私がそういうと、彼は、彼らしく、疑問をさしはさんだ。

「しかしね。ひとつよくわからないことがあるんだ」

「まだあるのかい」

「うむ。実は、オレ、この頃、ほんものの接吻をしたことがないんだ。あれはどういう感触のもんだったか、忘れちゃってな」

彼はそう答えると共に、

「ああ、本当の接吻がしてえ」

と、呟いた。

今でも、鮪は、好きでたまらないという程ではない。刺身も、大名造りというのか、厚手のやつなら、ふた切れもあればいい。握りなら、鮪より、コハダか、昔ふうのすこし黒っぽく煮込んだ細い穴子を、どっちかといえば好む。

鮪は、そういうものの間に挟むくらいで、そのときは実にウマいと思う。近海のクロマグロの赤いところがあれば一番好きだけれど、ふだんは中トロでも大トロでも文句はいわないし、好きだ。

そういえば、三十年近い昔に食べたのに、最良の大トロがあった。女連れで、彼女の家へ送って行く途中だった。時間もたっぷりあったし、ぶらぶら歩いて行くうちに、腹が減ってきた。

丁度、雑司ケ谷のあたりだったと思うけれど、あまり食べもの屋は見当らない。そのうちに、鮨《すし》屋の暖簾《のれん》のひらひらしているのが目に入って、ちょっとつまんで行こうということになった。

火をかぶったような、真っ黒な店で、黙って台の前に腰かけたが、私たちのほかには誰も客がいない。

顔を見合せていると、主人が出て来た。

なんだか機嫌が良さそうな顔をして、開口一番、

「今日は大トロを、召し上って下さい」

という。

大トロも悪くないけれど、雑司ケ谷の大トロというのは、目黒のサンマと、どこか似通ったところがあって、どうも薄気味が悪い。

それでも一応頼んだら、出て来たのを見て、驚いた。

今でも、涎《よだれ》が垂れそうな気がする。

色といい、霜降りの具合といい、お目にかかったこともない見事な大トロである。出来ることなら、額に入れて壁に飾りたいくらいの感動であった。

私たちが目を丸くしていると、主人は、やっと思いを果したという顔で、

「ま、味を見て下さい」

と、せっつく。

「何年に一度ってやつなんですよ」

秘仏のご開帳みたいなセリフを、もう一度繰り返した。

「何年に一度かねえ、こんなのは……」

あとにも先にも、これっきりで、その後、これ以上にウマい大トロは食べたことがない。

でも、いまだにそのときの味は覚えているから、大トロに関してはもういいというような気もしている。

三崎に着いた漁船から、船員がぶら下げてきた鮪のトロも、かなりウマかったが、それでもまだまだである。

鮪はあちこちで獲れるし、一番ウマい季節も、地方によってズレがある。近海のものになると、いつ、どこで、どんな上物に出会うかわからない。果してあの味をしのぐもの現わるるや否や……。

「それにしても、あのときの大トロはおいしかったわね」

と、呟く女がいる。

そういえば、その後、いつの間にか、居ついてしまって、いっかな動こうとする気配もない。

望月さん

年の暮に、新巻の鮭《さけ》を切り分けるのと、餅を切るのは、私の仕事になっている。

鮭は、いつも三通りに切る。頭は、氷頭《ひず》ナマスにしたり、焼いて酒のサカナにしたりするので、小さく薄くする。身は、マリネにするための、大きく薄く、すき焼きの牛肉みたいなのと、ふつうの切身と、ふた通りに切る。

これは、商売人がやるように、軍手をはめてする。ふだんは使い馴れないところに、妙に力がかかるもんだから、うっかりすると、指の皮がむけたりする恐れがあるからである。

餅は、切り頃を見計らうのが楽しみだ。

届けてきたやつを、寝せて置いて、ときどき、指の先で押したりしてみる。

ひと晩も置くと、そろそろよさそうだということになって、仕事にかかる。

濡れ布巾で庖丁を拭きふきやるのだが、此の頃の、のし餅は、毎年大きさが違うから、切りかたも違ってくる。

いちばん大ぶりに切った年は、煙草のマイルドセブンやハイライトの箱ぐらいにしてみた。たっぷりして、気分はいいけれど、どうも大きすぎて、お椀が窮屈になってしまうので、今はそれよりすこし小さめにしている。汁粉に入れたりする時は、それを半分にする。

庖丁を使うのは、好きである。

それに、切るだけだから、あまり気は遣わない。

その分、頭のなかで、あれこれと、一年の気持の整理のようなことを始める。

鮭の尻っぽを叩き切りながら、ゆく年に思いきりをつけ、餅の大きさを目で量りながら、新しい年の予感をさぐる。

なにをしても、落ちつかない年の暮だから、鮭を切ったり、餅を切ったりするのは、私には恰好の仕事なのである。

餅を見ると、やはり子供だった時分を思い出す。

「ちん餅致します」の貼紙が、いつも見馴れた菓子屋や米屋の店頭に貼り出されるようになると、正月を待ちこがれる気分が急に高まる。

私のうちでは、正月用の餅を、出入りの菓子屋に頼んでいたようである。

その菓子屋は、いつもは、塗りの大きな重箱を持って、御用聞きに来ていた。

三段くらい重ねた箱を次々と横へひろげると、なかは朱塗りの整然とした小さな枡《ます》に区切られていて、そのひとつひとつに、菓子の見本が、小綺麗に納まっている。

それを指して、母親が、

「これと、これと」

註文しているそばから、私と弟が、指を出す。

「これと、これも、ねえ」

「駄目っ」

私たちの欲しがるようなものは、母の一言のもとに却下されてしまう。

母が選ぶのは、ビスケットやドロップスの類で、衛生的で、かつ軽く、胃の負担にならないものと決っていた。大人用は、もちろん別で、餅菓子などの餡《あん》の入ったものなどは、食べさせて貰えない。大人用のものは、また別の、青野とか塩瀬とか、和泉屋とか、虎屋で買っていたらしい。

菓子屋が重箱入りの見本を持って御用聞きに廻る習慣は、戦争以来絶えてしまったのかと思っていた。そして、ひそかに残念がっていたら、先年、葉山の海岸に住んだときに、重箱をだいじそうに胸にかかえた菓子屋が御用聞きにやってきたので驚いた。驚くと同時に、今こそ、昔禁制だったアンコのものを飽食してやろう、と、雀躍《こおどり》して、あれこれと頼んだ。

その土地では古い店らしく、なかなかウマい菓子で、大いに往時を偲《しの》び、溜飲《りゅういん》を下げたものだったけれど、二三日で、すっかり食傷してしまった。

なまじ誉《ほ》めたりしたもんだから、菓子屋はいいお得意と思い込んだらしく、毎日、小僧が重箱をかかえてやってくる。

ひと通り味を見てしまうと、もう、重箱を見るのも嫌になってきて、毎度来るのも気の毒だから、御用聞きにこないでいいよと申し渡したら、小僧は、

「はあ、そうですか」

と、憮然《ぶぜん》とした顔で帰って行った。御用聞きというのも、便利なようでいて、案外煩《わずら》わしい。その後は、思い立つと、電話を掛けて、持ってきて貰ったが、これがいちばん具合がよかった。

その店は餅菓子がなかなかよかったから、正月用の餅を頼んでみたら、これもウマかった。いったいに、菓子屋の餅は、扱い馴れているせいもあるが、搗《つ》きかたが充分

で、なめらかというか、垢《あか》抜けている。しかし、その一方、それがもの足りないと感じるときもないではない。だいたい、菓子屋に餅を頼むと、かなり高くつく。

子供の頃から、正月用の餅を切るのは私の役だった。

その頃は、女中を入れて六人の世帯だけれど、山のように餅がくる。私の家は餅好きの家だったのかもしれない。それにしても鏡餅だけで大中小取り混ぜて、何個あったろうか。それに、のし餅が何枚もくるから、茶の間は餅を敷きつめたようになってしまう。面白がって、そのスキ間をひょいひょい飛んで歩いていると、たちまちお目玉をくらう。

早く庖丁を使ってみたいもんだから、もう切り頃だろう、と、母をそそのかす。

「まだよ、まだまだ」

母はまだ若かったし、歳末の忙しさで気が立っている。

母のほうで、餅切り役の私を探す頃には、私はもうとっくに餅のことなんか忘れて、自転車に乗って、友達と、遠くへ遊びに行ってしまったりしている。

餅は簡単だが、おせち料理の仕度は、時間が掛かる。母も女中も、いよいよ押し詰まる頃には、大車輪である。半徹夜のようにして各種の料理を作っている。台所は足の踏み場もない程で、のぞきに行くと、たちまち追い払われる。ガス台の上は、湯気を吹きあげる大鍋でふさがり、煮物の匂いが漂う。昔の人は律義にいろいろ作ったものので、あれだけするのはさぞたいへんだったろうと思う。どこの家でも、白い割烹着《かっぽうぎ》姿の女たちの目は吊り上っていて、近寄り難い感じがした。

しかし、そんな思いをするのも、暮のうちだけで、年が明ければ、いつに変らぬ正月気分である。

見馴れた家も、門松が立ち、床の間の軸が掛け替えられ、あちこちに鏡餅が飾られて、大いに引き立って見える。

私の家の雑煮は、ごくふつうの東京風で、扇形の大根、小松菜、鶏、角切りの焼いた餅、それにお澄ましの汁を張って、海苔を浮かせる。それは今でも変えていない。

私は餅好きで餅食いだから、あまり具が多くないほうがいい。

子供の時は、習慣で、毎朝の雑煮の餅の数を、一日ごとに一つずつ増やした。お元日には、年の数だけ食べることにしていたから、日を重ねるに従って苦しくなる。

餅の数にして十二か十三食べたのが恐らく最高で、それ以上はさすがに食べられなかった。新記録が出そうになった年頃には、もう、戦争で、餅のほうが年々乏しくなってきて、とてもそんなことは出来なくなってしまった。

ゴルフのほうで、エージ・シューターといって、自分の年の数と同じスコアで廻ることが出来ると、たいへんな喜びようをする。これは、七十代八十代の老雄のほうが可能性がある。いくら上手でも、三十や四十の男が、達成できるわけがない。ところが、お餅のエージ・イーターは、少年でないと、とても身がもたない。私が、その地位を保ち得たのは、せいぜい十歳位までだったのではないかと思う。

だいたい、ウマい米、ウマい酒の出来る土地の人は、米どころ、酒どころとよく自慢のタネにする。

同じように、餅とか、肉、魚なども、これまた自慢のタネになるが、それでも、餅どころ、とか、肉どころ、とはいわない。

それは何故かというと、一つには、産量の多寡という違いもある。米どころ、酒どころが、出荷する米や酒の量は、莫大である。

それと、食品としての位を考えると、米はやはり主食品だし、酒のほうは、古来、神事と密接につながっている。兵隊の位なら元帥と大将だから、ほかのものは、差をつけられても文句はいえないのかもしれない。

酒は、米の二次製品で、いわば息子のようなものだ。餅も、それに近いけれど、直系とはいえない。甥がいいところだろう。

そういう風に考えてくると、餅が、扱われかたの上で、米や酒よりも、やや下風に立たされても仕方がないような気もするが、私は餅党だから、そこでちょっと口惜しいような気分になる。

いろいろと、数限りなくある食物のなかで、餅は窮極の食物、みたいにいう人がいる。

その説を奉じる人は、

〔餅を好んで喰うようになったら、もう老人である〕という。

理由は、まず、歯に負担が掛らないし、消化がいい。それに淡味である。高カロリーだから少量食べればいいし、つまり、あらゆる点で老人向きだし、だから老人が好むのだという。

そんな話をされると、つい、私は餅好きで、とはいい出しにくくなる。本当に私は、子供のときから終始一貫して餅党で、望月というペンネームをつけようかと思う位なのだけれど、まだ老人といわれるには早すぎる。

もっと口の悪いのは、たまたま私が安倍川餅なんか食べているのを見ると、

「小児、女子、老人の喰うものだ」

などとからかう。

「お爺さん、ノドへつっかえたりしないように、気をつけなさいよ」

なんて悪態をつく。

「よくそんなものが喰えるなあ」

と、慨歎する。

その手の男の一人が、酒のたたりで、胃を手術する破目になった。それが無事にすんで、家には帰ったが、酒は禁じられている。神妙にそれを守っていたら、因果なことに甘いものが無性に欲しくなって、餅菓子などに手を出し始めた。禁酒した人が甘党に転向するのと同じである。

仲間の前でも、それまで卑《いや》しんでいた金つばなどに手を出して、

「どうしたの」

と冷かされて、

「うるさい」

と、怒っている。面目失墜もいいところで、自分で業を煮やしているのである。

可笑しいことに、酒やサカナにうるさかったこの男は、甘いものを食べだしたのはいいが、お菓子の高下がまるでわからない。甘いものはどれも同じと思っているのか

どうか、とにかく菓子オンチで、

「そんなものをよく喰うね」

と呆《あき》れるような、大人の甘いもの好きだったらまず遠慮するようなものを、平気で食べる。

観察していて、そのへんが実に面白かったが、その後、その男は、また、酒を飲み始め、以前の通り、甘いものには見向きもしなくなった。

それでも、酒と、甘いものは、まったく同じようなものだということが、少しはわかったらしくて、甘いものを軽蔑しなくなった点は、大進歩だと誉めなくちゃなるまい。

最近は、辛口の酒が、段々と復活しているようだけれど、まだまだ今の酒は、昔に較べれば、実に甘いらしい。数字的にいっても、明治の頃と、糖度は比較にならない。

それだけ甘い酒を沢山飲むのだから、それ以外の甘いものが喰えなくなるのは当然である。それなのに、甘いものなんざ喰わないのが酒飲みだというような言辞を弄《ろう》する人がいるから、世の中は面白いものだ。

昔の蕎麦屋で、アンコを突き出しにして飲ませるところがあったりしたのも、酒が辛かったせいだといわれる。往時の酒呑みは、さかんに甘いものも喰ったし、その昔の東海道を歩いても、甘い名物だらけである。

突然話がそれて、甘いもののことになってしまったが、大分以前から、私は、餅を食べるには、なんの味もつけずに、そのまま食べるのがいちばんだと思うようになった。

こんがり焼いた餅を千切って、熱いのを吹き吹き頬張ると、自然の甘味と、芳香が満喫出来る。醤油も、なにもいらない。

餅を焼くのも、私の仕事である。

妻は焼餅の大家で、それとこれとでは、随分違う。

鳴るは鍋か、風の音か

なにかの集りの帰りに、気のおけない友人たち何人かで、ちょっと温まろうということになった。

誰かが、

「湯豆腐を喰おうじゃないか」

と言い出して、たちまち相談が出来かかった時に、一人だけ異を唱える男がいた。

「僕はいやだ。どうしてもというんなら、帰る」

と、一人で駄々を捏《こ》ねている。

云い分によると、その男のうちでは、三晩続けて湯豆腐をしたそうである。

三晩めに、流石《さすが》に少々飽きて、

「もう、当分いいや」

と、宣言したばかりだそうで、その説明が、笑いを誘った。

そんな具合で、世の中には、湯豆腐好きが、多いということがわかる。本当の好きとなると、一ト冬、毎晩湯豆腐を欠かさない人もあるらしい。

さて、これには後日譚がある。

翌日、最後まで残っていた一人から電話が掛って来た。のっけから、

「あの歌の詞を知ってるかね」

という。なんの歌だろうと思っていると、

「〔豆腐の始めは豆である〕というのがあったろう」

と、嬉しそうに笑った。

なんでも、かなり飲んだあげくに、その歌を合唱して散会することになったのだが、歌詞がうろおぼえで見事な合唱にならなかったのが残念だという話なのである。

そこで、早速教えてやった。

ご存じのように、昔、お元日に歌った〔年の始めのためしとて……〕というのの替え歌である。

そして、〔尾張名古屋の大地震〕の〔尾張〕は、〔年の始め〕の始めに対応すると同時に、〔松竹引っくり返して大騒ぎ〕になるような地震が〔大《おお》あり〕と掛けてあるの

で、そこを玩味しなければいけないということや、〔芋を喰うこそ悲しけれ〕というのは取らず、〔愉しけれ〕とする方が、含蓄に於て勝るように思うので、私はそう歌っていると付け加えた。

「下らないことを、よく憶えてらあ」

と、電話の向うの男は、感心したような、馬鹿にしたような感想を洩らしたが、まったくその通りで、申しわけない。

豆腐の始めは豆である。

その豆が旧満州から来なくなってから、豆腐事情があやしくなった。

その後、アメリカ大豆で、豆腐が大量生産されるようになり、今度は豆腐屋がやる気をなくしてしまって、もうウマい豆腐を作る店は、数すくなくなってしまったようである。

ウマい豆腐屋のそばにわざわざ引っ越したとか、はるばる車を飛ばして買いに行くという涙ぐましい話も聞く。東京のまんなかにいても〔豆腐屋へ二里〕の風流を味わえる時代になったのである。

海岸の町に住んでいた頃、隣町にウマい豆腐屋があって、バスに乗っては、その店まで買いに行った。

そのうちに主人と話をするようになったが、豆腐屋の敗北主義は、すでにこの地方にまで及んでいて、ここの夫婦も、浮かぬ顔をしていた。

浮かない顔で、油揚を包み、おからを玉にし、豆腐を掬《すく》ってくれるのだが、その、ぼんやりした顔つきとは関係なく、豆腐の方は大てい出来が良い。おからは、釣りの撒き餌《え》の増量をするために買うこともあったが、見ているうちに段々勿体なく思えて来て、あらかた人間が食ってしまった。

そういう風に、折角馴染みになった店だから、おいそれとやめてしまわれては困る。〔伝統を守り、豆腐を食おう市民連合〕とか〔生揚げ保存会〕とか、流行の市民運動を展開して、その豆腐屋を盛り立てなければならないかと思案しているうちに、東京あたりからその近辺へ移住してくる人が増え出し、その豆腐屋の客もどんどん増えた。さびれていた店先に、人の出入りが烈しくなり、浮かない顔だった夫婦が、生色を取り戻して、どうやら安心というところで、今度は私たち一家が、東京へ帰ることになってしまった。世の中は、どうもうまくいかないものである。

その豆腐屋は、今も盛業中だそうで、思うに、スーパーの豆腐に飽きた人たちが、また豆腐屋製の豆腐へと戻って来ているらしい。

工場製の豆腐は、なにを使って固めてあるのか、得体の知れないところがある。いったいに、食品が大量に作られるところというのは薄気味の悪いもので、私の知合いは、工場を見学したばっかりに、好物だったカマボコや半ぺんを喰う気にならなくなったと歎いていた。なるほど魚の加工品などは、どうも出来る現場を見ないほうがよさそうな気がする。たとえばあの、クリスマス用のデコレーション・ケーキなども、半年くらい前から作って、作るそばから冷凍にして貯めて置くのだそうだ。あの、文字通りデコデコしたデコレーション・ケーキが、ベルトに乗って無限に出来てくる光景を想像すると、食慾など、どこかへ消し飛んでしまうのが普通であって、想像しただけでそうなのだから、毎日そのケーキの行列を眺めている従業員は、とっくに、それが口に入るものだという感覚を失っているだろうと思う。そして、そこらへんに、なにか常識では考えられぬことの生ずる余地がありそうな予感がする。

しかし、ものには例外があって、醸造工場を見学した酒のみが、以後、のむ気をなくしてしまったという話は聞かない。酒には、飽き足りるということがないのか、酒のみの神経が、どこか違うのだろうか、例の養老の滝の伝説まがいに、水道の蛇口を捻《ひね》ると酒が出て来るということになったら、酒を飲む有難味は下落してしまうような気がするが、のみすけは、やっぱりその都合のよさを喜ぶのだろうか。

鍋を据えて、豆腐の熱くなるのを待ちながら、湯豆腐のよさというものがいったい何処にあるのかと考えてみると、これにはいくつもの答がありそうである。

まず、湯気がある。

湯豆腐の湯気は、牡蠣《かき》鍋ともフグちりとも違う。淡く、柔かな湯気だ。寒気のなかで、こわばる気持をほっと落ち着かせ、ときほぐす湯気だ。

次に、音。

茶事の、老湯の奏でる音が松風ならば、この鍋のたぎる音は、谷を渡る風かも知れない。都会の日常の、雑多な音のなかに類のない、年月を越えた音である。

そして、白のさわやかさがある。

フグの白、イカの白、と、また異った、豆腐の白の簡潔。

加えて、味の心配がいらない。

豆腐も、昆布ダシも、醤油も、すべて出来た味である。どう組合せても、出来上りに一喜一憂する必要がない。昆布の引上げどきと、豆腐の煮え加減だけに留意すれば、万事は足る。

いちいち挙げればキリがないが、そういう湯豆腐の長所を一括してみると、共通するのは、安心ということである。

安心というか、気易さというか、とにかく、われわれが、湯豆腐の鍋を囲んで、手に入れようとしているのは、そういう種類のものらしい。

これが、たとえば、相手が有名店のステーキであったり、一卓の中国料理であったりすれば、それに向おうとする気持は、おのずと違ってくる。

御馳走に向うには、それなりの気の張りとか、心構えが必要なのだ。後で支払う勘定のことも、当然そのなかに含まれているのである。だいたい、自分の勘定を払わなければ、御馳走を食べる醍醐味《だいごみ》というのは逃げて行ってしまう。女にものの味のわかる人がすくないのも、自分で金を払うことがすくないせいなのだが、これはこの場の話題ではない。

とはいうものの、ものを食べる度に、いちいち心構えなど持っていられるものではない。それでは草臥《くたび》れてやりきれない。そこで気易く食べられるものの必要が出てくる。日頃御馳走に立ち向っている人ほど、こういう気易い喰いものの有難味を感じるわけで、湯豆腐を有難がるまでになるには、かなりの道程を経なければ、そうはならないという論理もある。

そんな具合に、わけのわからない理屈を頭のなかで捏ね廻しているうちに、鍋のなかの豆腐は、ほどよく熱くなって、食べ頃になる。ひと箸、口に入れてみれば、理屈ぬきにウマく、安堵《あんど》の思いが、胸の奥にひろがる。醬油のなかに、酢を落す人もいるし、辛子を使う人もいるが、それはそれぞれで、好みに立入ることはあるまい。

こうして、湯豆腐を堪能しながら、次に思い浮べるのは、金聖嘆という人のことだ。彼は昔の中国の文人だそうだが、彼の筆になるもののなかに、〔人生の愉快なひときに関する三十三節〕と題した一文がある。

私は、何によらず、愉快で楽しい作品を好むたちなので、この種の文章に目が無い。林語堂『生活の発見』阪本勝訳から、その片鱗を紹介してみよう。

一、甕《かめ》から水の流れ出るように、自分の子供等が昔の文章をすらすらと暗誦している。それをわたしはじっと聴いている。ああ、これまた愉快なことではあるまいか。

一、旅人が長途の旅から帰ってくる。なつかしい城門が見えるし、河の両岸で、女たちや子供たちが、国の言葉で喋っている。ああ、これまた愉快なことではあるまいか。

一、誰かのあげている凧《たこ》の糸がきれる。それがどこまでも飛んでゆくのを眺めている。ああ、これまた愉快なことではあるまいか。

——そんな具合に、三十三の愉快なことを列記してあるのだが、人間の官能と精神がぴったりと結びついた本当の愉快さが、ほとんど網羅されていて、読むだけで、無限に胸が開けて行くような思いがある。

この金聖嘆の三十三章のことを、以前、誰かに話したところが、その男は、

「たとえば、この湯豆腐を喰うときの楽しさなどというのも、それに加えて然るべきだと思うがね」

と、いった。

なるほど、そういわれてみれば、その通りで、親しい友人と鍋を囲む楽しみは、まさに人間の官能と精神が愉快に結びついた好例に違いない。

それも、すき焼きや葱鮪《ねぎま》では、やや濃厚に過ぎて、適当とは思われず、湯豆腐の淡さこそ、それにふさわしいという気がする。

「ただ、官能的ということからすると、どうも、もの足りないんじゃないだろうか」

その感もあって、とつおいつ考えあぐねた末に、その男が思いついた。

「女を配してはどうかね。男ばかりだから、どうも侘《わび》し過ぎるんだ。どうだい、いっそ差向いにしたら」

それは卓見である。

男女の組合せをもとに、次第に背景小道具をつけ加えて行くと、やがて、それが一幅の絵に仕上った。

金先生の流儀に習うと、それはおおむね次のようになる。

一、きぬぎぬの朝、目をさますと、女の姿がない。

どうしたのかと思っていると、境の襖が開いて女が顔を出すと、

「お目ざめなら、こちらへいらっしゃいよ」

という。

見ると、炬燵《こたつ》の上に湯豆腐のお膳立てが出来ていて、ゆらゆらと湯気が上っている。

外の雪はやんで、障子は一面の柔かな陽ざしだ。

女は徳利の燗《かん》を気にしながら、私の盃を満たし、顔を寄せて、

「何時だと思って」

と、いたずらっぽく笑う。

鳴るは鍋か、風の音か。

――この場合、豆腐はやはり絹ごしでなければなるまい。

解説　あと口のいい話

大竹聡

食のエッセイを読むのは楽しいものだが、ウンチクや描写が過剰だと、たちまち食傷気味になる。年齢のせいか、昨今ではこってりした食べ物が苦手になっていて、読むものについても同じことが言える。あっさり、すっきり、というのがありがたい。

神吉拓郎の食エッセイはまさにそれで、簡潔明瞭にして的確である。口当たりが抜群だから、スルスルと読み進める間、どこがおもしろいのか、それさえ気づかせないようなところがある。

某日、どこぞのナニガシという一流店で極めつけの一品を食した。そのうまさ、今から話してやるから一同ありがたく聞くように……。というような余計なお節介の類に入れるべき飲食レポートの真逆へ向かうのが神吉流である。本書の中の一篇「肉それぞれの表情」で著者は、こう書いている。

〈いったいに、ものを喰いに行く楽しみの大部分は、予想ないし想像というやつである。(中略)やがて対面する筈《はず》の御馳走に対して、あれこれと想像し、期待し、わくわくするのは、最高の前菜であって、これを抜きにして御馳走というのは成り立たない。〉

何かうまいものの話をしようというときにも似たことが言えるだろう。つまり、食べ物そのものや食事の光景ばかりに光を当ててもダメで、それよりはるか以前の段階、何をいかに調理して、何とあわせて楽しむかという段階を巧みに想像させ、食べ物の姿がありありと目に浮かぶくらいまで、聞き手なり読み手なりの期待を膨らますのがコツ、ということになろうか。

冒頭の一篇、「鮓が来そうな日」では、うららかな春の一日、北国出身の知り合いの奥方が鮓をもってやってくるという設定で始まる。持ってくるのは五目ずし。具は鮭、錦糸玉子、椎茸、たけのこ、針生姜、木の芽。味付けや見栄えをあれこれ言わず、〈量はたっぷり、味も保証つきだ〉という一言で食欲をそそる。

上方の知り合いがつくるのは、北国の鮭が主体のすしとはことなり、穴子が欠かせぬようだと紹介して、ここで初めて味の話になる。

穴子の一片を〈なんともいわれぬ味わい〉と言い、椎茸にも濃すぎず薄すぎない味が含ませてあると、いかにも西のほうの、上品な味付けを想像させるのだ。

ここからは、ウンチクで刺激してくる。内田百閒の随筆で知った岡山のすしについて詳述し、獅子文六の随筆からは鹿児島の酒ずしを紹介。いずれも著者は食べたことがないのだが、いかにもうまそうな話を立てつづけに畳みこまれる読者は、神吉節の術中にはまる。

はて、酒ずしとは、いかなる味がするものか……。いつ食べられるかわからない一品に、想いを馳せずにはいられないのだ。

締めくくりは、著者の祖母の五目ずし。具は魚、貝、椎茸、人参、干瓢、蓮。そこに錦糸玉子と針生姜を飾る。その味を、著者はしみじみと思い返す。改めて食べてみて、ああ、この味だよと膝を打つのではなく、子供のころに親しんだ、安定感のある祖母の味を、懐かしむ。

ここで、この一篇はあっさり終わる。はあ、うまかったですな、というのが読後の感想だが、話のあと口が良すぎて、それよりほかの言葉は出てこない。こういうのを、逸品というのではないか。

読み手の想像を掻き立てるのは、「蕎麦すきずき」の前半も同様だ。手近な夢について仲間と喋っていて、蕎麦屋での昼酒がいいという話になる。誰かと連れだって行くのではなく、この場合、独酌がしぶい。いいねえ、いいねえと、相槌を打ちながら酒好きたちはノッてくる。肴はそう、蕎麦味噌に海苔、板ワサに、それから玉子焼き。これは大根おろしを余計に添えてもらうのがいい……。

いわゆる蕎麦前の話なのだが、ここにはまるで気取りがない。どこぞの店の鴨つくねがバツグンで、などという個別具体的な名称を持ちだして変に興醒めさせることはない。

酒をほとんど飲まなかったらしい著者だが、酒好き、蕎麦好きたちが蕎麦屋で飲むことにどれだけ大きな喜びを感じているかを、よく知っている。ここを押せば気持ちがいいだろうというツボを巧みに指圧してくる。

しかしまだ本題の前なのだ。蕎麦前までの空想のおしゃべりは落語で言う枕。これがよく利いて、読み手をリラックスさせたところで、やおら、本題に入る。

蕎麦話は、ウンチクに偏ると重たくなるが、神吉節なら退屈知らず。うまいせいろ一枚をあっという間に手繰り終えるのにも似て、読後感はいつも軽く、鮮やかな印象を残す。

気どらず、鷹揚であり、テンポもいい。まだるっこしい部分を探すのがかえって難しいのが神吉ワールドだとして、その世界を支えているのは、〝目〟であるような気がする。東京やなぎ句会という、文化人や噺家などがメンバーの俳句の会があり、同会編の『友あり駄句あり三十年』（日本経済新聞社刊）に、メンバーだった神吉拓郎の句が載っている。

花白キコト雪ニ似テ蕎麦ノ花

蕎麦の花は秋の季語だ。初秋に咲く花の白さを雪に喩えるのではなく、「雪ニ似テ」と表現している。美しい花を見るにしても、一歩引いて、情景として花を見る目がある。

もう一句。

ひっそりと蜆砂吐く厨かな

これは、実際に見るというよりは、夜、灯りを消した厨房のほうに、蜆が砂を吐く気配を感じ取るといったほうが正確だろうか。その蜆が、映像として見えてくるから不思議だ。

こうした神吉拓郎の目が楽しませてくれるのは、食べ物や素材だけでなく、店の光景でもある。家具調度や器云々ではなく、店に流れる空気や時間が、見事に捉えられる。

「丸にうの字」では、客の顔を見てから鰻を割くようなちゃんとした店では鰻が焼けるまでの時間も楽しみたいとする。その上で、梅雨の合間の、まだ日の色の残っている時間がいいと書く。

〈梅雨うちなら、鰻屋の白暖簾《のれん》も、目を射るほどに眩《まぶ》しくなく、打ち直したばかりの水で、たたきも、ささやかな植込みも、すがすがしい濡れ色である。〉

薄暗い店内は、よく磨きこまれている。

鰻が焼けるまで、時間がかかる。これぱかりは、早くしろと言えない。特に蒸しの利いた東京風ということになると、蒸すにも焼くにも、手を抜かれては困る。だから、客はじっと待つ。店は逆に、客を待たせなければならない。そこに、おもしろいことが起こる。

〈鰻屋の漬物がウマいというのも、その間をつなぐ工夫からだろうと思われる。〉

このくだり、さりげないが、いいなあ、と、つくづく思わせられる。

漬物で、少し飲む。肝焼きも酒に合う。蕎麦前と一緒で、本番の前に、すでにして、たいへんにおいしい時間があるのだ。筆者の筆は、それに触れるに止まらない。

〈今どきは、まだ開け放った先の、狭っ苦しい庭から、ひんやりした風が入ってくる。（中略）青葉と土の匂いを帯びていて、これも御馳走のひとつなのである。〉

待つ時間も、流れる微風も、目に見える光景として描かれる。これも、御馳走の一部。一見して軽妙なエッセイだが、読むほどに堅牢な印象さえ与える。

うまいもの話には、究極の味、などという大仰な言葉が用いられることがある。が、万事控えめな『たべもの芳名録』の著者の場合、他人様の言う究極と自身が求める究極があまりに異なっていたとしても、一向に気にしない趣がある。

再び「肉それぞれの表情」を例にとる。

ステーキの食べ方の話である。まずサーロインを焼く。十分に火を通したら肉をいったん取り出して脂身を切り取り、それだけをもっと焼く。そうして、ステーキパンにたっぷり残った肉汁を熱々のご飯に合わせて掻きこむのが最高ときた。なんという贅沢だろう、と思う前に、下ごしらえの塩コショウに、少量のバターや醬油を加えたかもしれない肉汁の、ジュウジュウと音を立てながら飯にかけられるその光景が目に浮かんでしまっては、軽い興奮状態に陥らざるを得ない。

こだわり、というより、〝こだわりのなさ〟。いっそ痛快な、極みのあり方はひとそれぞれであるよ――。著者はそんなふうに語りかけているようにも思える。

本書は著者の直木賞受賞から二年を経た一九八四年に新潮社から刊行されている。雑誌連載はほぼ五年前。『小説新潮』の一九七九年一月号から翌一九八〇年十二月号に連載された（原題は『食物ノート』）。連載開始から、四十年近くの年月が経過している。今では垣間見るのも難しくなった時代の風俗を感じさせる部分も散見される。けれど、それもまた、本書の御馳走の要素だ。これから食べるもの、いつか食べたいものを想像することは、ウンチクをはるかに超えて飲み喰いを楽しくさせる。それと同じように、昔の人はこんな食べ方をしたのかと、もう文字でしかたどれない懐かしい光景を想像することもまた、食べるという愉楽への大事な前菜だ。私などのような酒飲みにおいては、欠くべからざる、おいしいお通し、ということになるだろうか。

本書は、不思議な一冊だ。見たこともないような本鮪の大トロが出てきたかと思うと、変哲もない、新じゃが煮がひょっこり顔を出して、これがまた実にうまそうで困る、困る。

今夜はさて、何を喰おうか。そんなことを考えながら、ぼんやりする時間が、私は好きだ。それは、神吉拓郎の長年の読者であった私の、もはや習慣となっている。

本書は一九九二年一月に文春文庫として刊行された。

酒呑まれ　大竹聡

酒に淫した男、『酒とつまみ』編集長・大竹聡が、酒とともに出会った忘れられない人々との思い出を自らの半生とともに語る。（石田千）

多摩川飲み下り　大竹聡

始点は奥多摩、終点は川崎。多摩川に沿って歩き下っては、飲み屋で飲んだり、川原でツマミと缶チューハイ。28回にわたる大冒険。（高野秀行）

中央線で行く東京横断ホッピーマラソン　大竹聡

東京〜高尾、高尾〜仙川間各駅の店でホッピーを飲む！　文庫化にあたり、仙川〜新宿間を飲み書き下ろし、各店データを収録。（なぎら健壱）

酔客万来　酒とつまみ編集部編

中島らも、井崎脩五郎、蝶野正洋、みうらじゅん、高田渡という酒飲み個性派5人各々に、『酒とつまみ』編集部が面白話を聞きまくる。抱腹絶倒トーク。

満腹どんぶりアンソロジー
お〜い、丼《どん》　ちくま文庫編集部編

天丼、カツ丼、牛丼、海鮮丼に鰻丼。こだわりの食べ方、懐かしい味から思いもよらぬ珍丼まで作家・著名人の「丼愛」が迸る名エッセイ50篇。

玉子ふわふわ　早川茉莉編

国民的な食材の玉子、むきむきで抱きしめたい！　森茉莉、武田百合子、吉田健一、山本精一、宇江佐真理ら37人が綴る玉子にまつわる悲喜こもごも。

なんたってドーナツ　早川茉莉編

貧しかった時代の手作りおやつ、日曜学校で出合った素敵なお菓子、毎朝宿泊客にドーナツを配るホテル、哲学させる穴……。文庫オリジナル。

呑めば、都　マイク・モラスキー

赤羽、立石、西荻窪……ハシゴ酒から見えてくるのは、その街の歴史。古きよき居酒屋を通して戦後東京の変遷に思いを馳せた、情熱あふれる体験記。

旅情酒場をゆく　井上理津子

ドキドキしながら入る居酒屋。心が落ち着く静かな店も、常連に囲まれ地元の人情に触れた店も、それもこれも旅の楽しみ。酒場ルポの傑作！

「食の職」新宿ベルク　迫川尚子

新宿駅構内の安くて小さな店で本格的な味に出会えるのはなぜか？　副店長と職人がその技を伝える。メニュー開発の秘密、苦心と喜び。（久住昌之）

手業に学べ　心　塩野米松

失われゆく手仕事の思想を体現する、伝統職人の聞き書き。「心」は斑鳩の里の宮大工、秋田のアケビ蔓細工師など17の職人が登場、仕事を語る。

手業に学べ　技　塩野米松

伝統職人たちの言葉を刻みつけた、渾身の聞き書き。「技」は岡山の船大工、福島の野鍛冶、東京の檜皮葺き職人など13の職人が自らの仕事を語る。

昭和史探索（全6巻）　半藤一利編著

名著『昭和史』の著者が第一級の史料を厳選、抜粋。時々の情勢や空気を一年ごとに分析し、書き下ろしの解説を付す。《昭和》を深く探る待望のシリーズ。

建築探偵の冒険・東京篇　藤森照信

街を歩きまわり、古い建物、変わった建物を発見し調査する〝東京建築探偵団〟の主唱者による、建築をめぐる不思議で面白い話の数々。（山下洋輔）

誰も調べなかった日本文化史　パオロ・マッツァリーノ

土下座のカジュアル化、先生という敬称の由来、全国紙一面の広告。――イタリア人（自称）戯作者が、資料と統計で発見した知られざる日本の姿。

日本の村・海をひらいた人々　宮本常一

民俗学者宮本常一が、日本の山村と海、それぞれに暮らす人々の、生活の知恵と工夫をまとめた貴重な記録。フィールドワークの原点。（松山巖）

老いの道づれ　沢村貞子

夫が生前書き残した「別れの手紙」には感謝の言葉が綴られていた。著者最晩年のエッセイ集。巻末に黒柳徹子氏との対談を収録。（岡崎栄）

「下り坂」繁盛記　嵐山光三郎

人の一生は、「下り坂」をどう楽しむかにかかっている。真の喜びや快感は「下り坂」にあるのだ。あちこちにガタがきても、愉快な毎日が待っている。

わたしの日常茶飯事　有元葉子

毎日のお弁当の工夫、気軽にできるおもてなし料理、見せる収納法やあっという間にできる掃除術など。これで暮らしがぐっと素敵に！（村上卿子）

杏のふむふむ　杏

連続テレビ小説「ごちそうさん」で国民的な女優となった杏が、それまでの人生を、人との出会いをテーマに描いたエッセイ集。（村上春樹）

泥酔懺悔　朝倉かすみ、中島たい子、瀧波ユカリ、平松洋子、室井滋、中野翠、西加奈子、山崎ナオコーラ、三浦しをん、大道珠貴、角田光代、藤野可織

泥酔せずともお酒を飲めば酔っ払う。お酒の席は飲める人には楽しく、下戸には不可解。お酒を介した様々な光景を女性の書き手が綴ったエッセイ集。

いつかイギリスに暮らすわたし　井形慶子

失恋した時、仕事に疲れた時、いつも優しく抱きとめてくれたのは、安らぎの風景と確かな暮らしのあるイギリスだった。あなたも。（林信吾）

東京 吉祥寺 田舎暮らし　井形慶子

愛する英国流生活の原点は武蔵野にあった。住みたい街No.1に輝く街、吉祥寺を「東京の田舎」と呼ぶ、奇想天外な井形流素朴な暮らしの楽しみ方。

そば打ちの哲学　石川文康

そばを打ち、食すとき、知性と身体と感覚は交錯し、人生の風景が映し出される――この魅惑的な世界を楽しむためのユニークな入門書。（四方洋）

ダダダダ菜園記　伊藤礼

畑づくりの苦労、楽しさを、滋味とユーモア溢れる文章で描く。自宅の食堂から見える庭いっぱいの農場で〝伊藤式農法〟確立を目指す。（宮田珠己）

ぼくは散歩と雑学がすき　植草甚一

1970年、遠かったアメリカ。その風俗、映画、本、音楽から政治までをフレッシュな感性と膨大な知識、貪欲な好奇心で描き出す代表エッセイ集。

いつも夢中になったり飽きてしまったり　植草甚一

男子の憧れJ・J氏。欧米の小説やジャズ、ロックへの造詣、ニューヨークや東京の街歩き。今なお新鮮さを失わない感性で綴られる入門書的エッセイ集。

こんなコラムばかり新聞や雑誌に書いていた　植草甚一

ヴィレッジ・ヴォイスから筒井康隆まで夜を徹して読書三昧。大評判だった中間小説研究も収録したJ・J式ブックガイドで「本の読み方」を大公開！

雨降りだからミステリーでも勉強しよう　植草甚一

1950〜60年代の欧米のミステリー作品の圧倒的で、貴重な情報が詰まった一冊。独特の語り口で書かれた文章は何度読み返しても新しい発見がある。

女子の古本屋　岡崎武志

女性店主の個性的な古書店が増えています。カフェを併設したり雑貨も置くなど、独自の品揃えで注目の各店を紹介。追加取材して文庫化。（近代ナリコ）

昭和三十年代の匂い　岡崎武志

テレビ購入、不二家、空地に土管、トロリーバス、くみとり便所、少年時代の昭和三十年代の記憶をたどる。巻末に岡田斗司夫氏との対談を収録。

貧乏は幸せのはじまり　岡崎武志

著名人の極貧エピソードからユーモア溢れる生活の知恵まで、幸せな人生を送るための「貧乏」のススメ！　巻末に荻原魚雷氏との爆笑貧乏対談を収録。

酒場めざして　大川渉

東京の街をアッチコッチ歩いた後は、酒場で一杯！　繁華街の隠れた名店、場末で見つけた驚きの店などを酒場の達人が紹介。（堀内恭）

あさめし・ひるめし・ばんめし　日本ペンクラブ編　大河内昭爾選

味にまつわる随筆から辛辣な批評まで、食の原点がここにある。文章の手だれ32名による庖丁捌きも鮮やかな自慢の一品をご賞味あれ。（林望）

銀座の酒場を歩く　太田和彦

当代きっての居酒屋の達人がゆかりの街・銀座を呑み歩き。老舗のバーから蕎麦屋まで、銀座の酒場の粋と懐の深さに酔いしれた73軒。（村松友視）

悪態採録控　川崎洋

悪口は、生そのものに活力を与える。悪態・雑言が光彩を放っていた時代の小説、落語、狂言などから採録した豊かな言葉、乞味読。（小池昌代）

人とこの世界　開高健

開高健が、自ら選んだ強烈な個性の持ち主たちと相対する。対話や作品論、人物描写を混和して描き出した「文章による肖像画集」。（佐野眞一）

書斎のポ・ト・フ　開高健／谷沢永一／向井敏

博覧強記の幼馴染三人が、庖丁さばきも鮮やかに古今東西の文学を料理しつくす。談論風発・快刀乱麻の驚きの文学鼎談。（山崎正和）

増補　遅読のすすめ　山村修

読書は速度か？　分量か？　ゆっくりでなければ得られない「効能」が読書にはある。名書評家「狐」による読書術。単行本未収録書評を増補。（佐久間文子）

〈狐〉が選んだ入門書　山村修

〈狐〉のペンネームで知られた著者が、言葉・古典文芸・歴史・思想史・美術の各分野から五点ずつ選び、意外性に満ちた世界を解き明かす。（加藤弘一）

春夏秋冬　料理王国　北大路魯山人

一流の書家、画家、陶芸家にして、希代の美食家でもあった魯山人が、生涯にわたり追い求めて会得した料理と食の奥義を語り尽す。（山田和）

ねにもつタイプ　岸本佐知子

何となく気になることにこだわる、ねにもつ。思索、奇想、妄想はばたく脳内ワールドをリズミカルな名短文でつづる。第23回講談社エッセイ賞受賞。

なんらかの事情　岸本佐知子

エッセイ？　妄想？　それとも短篇小説？　……モヤッとするのに心地よい！　翻訳家・岸本佐知子の頭の中を覗くような可笑しな世界へようこそ！

もの食う本　木村衣有子　武藤良子・絵

四十冊の「もの食う」本たち。文学からノンフィクション、生活書、漫画まで、白眉たる文章を抜き出し咀嚼し味わう一冊。

向田邦子との二十年　久世光彦

あの人は、あり過ぎるくらいあった始末におえない胸の中のものを誰にだって、一言も口にしない人だった。時を共有した二人の世界。（新井信）

銀座旅日記　常盤新平

馴染みの喫茶店で珈琲と読書をたのしみ、黄昏の酒場に人生の哀歓をみる。散歩と下町が大好きな新平さんの風まかせ銀座旅歩き。文庫オリジナル。

日本フォーク私的大全　なぎら健壱

熱い時代だった。新しい歌が生まれようとしていた。日本のフォーク――その現場に飛び込んだ著者ならではの克明で実感的な記録。（黒沢進）

東京路地裏暮景色　なぎら健壱

東京の街を歩き酒場の扉を開けば、あの頃の記憶と夢が蘇り、今の風景と交錯する。新宿、深川、銀座、浅草……文と写真で綴る私的東京町歩き。

小津ごのみ　中野翠

小津監督は自分の趣味・好みを映画に最大限取り入れた。インテリア、雑貨、俳優の顔かたち、仕草や口調、会話まで。斬新な小津論。（与那原恵）

中華料理秘話
泥鰌地獄と龍虎鳳　南條竹則

泥鰌が豆腐に潜り込むあの料理「泥鰌地獄」は実在するのか？「龍虎鳳」なるオソロシげな料理の材料とは？　文庫書き下ろし、至高の食エッセイ。

贅沢貧乏のお洒落帖　森茉莉
早川茉莉編
鷗外見立ての晴れ着、巴里の香水……江戸の粋と巴里のエレガンスに彩られた森茉莉のお洒落。全集未収録作品を含む宝石箱アンソロジー。（黒柳徹子）

谷中スケッチブック　森まゆみ
昔かたぎの職人が腕をふるう煎餅屋、豆腐屋。子供たちでにぎわう路地、広大な墓地に眠る人々。取材を重ねて捉えた谷中の姿。（小沢信男）

東京ひがし案内　森まゆみ・文
内澤旬子・イラスト
庭園、建築、旨い食べ物といっても東京の東地区は年季が入っている。日暮里、三河島、三ノ輪など38箇所を緻密なイラストと地図でご案内。

千駄木の漱石　森まゆみ
英語・英文学教師から人気作家へ転身、代表作のアイデアも得た千駄木。なのに、嫌だ、豚臭い、慈悲のために永住する……。そんな素顔の漱石を活写。

酒呑みの自己弁護　山口瞳
酒場で起こった出来事、出会った人々を通して、世態風俗の中に垣間見える人生の真実をスケッチする。イラスト＝山藤章二。（大村彦次郎）

事物はじまりの物語／旅行鞄のなか　吉村昭
長篇小説の取材で知り得た貴重な出来事に端を発した物語の数々。胃カメラなどを考案したパイオニアたちの話と旅先での事柄を綴ったエッセイ集の合本。

パンツの面目ふんどしの沽券　米原万里
キリストの下着はパンツか腰巻か？　幼い日にめばえた疑問を手がかりに、人類史上の謎に挑んだ、抱腹絶倒&禁断のエッセイ。（井上章一）

言葉を育てる米原万里対談集　米原万里
この毒舌が、もう聞けない……類い稀なる言葉の遣い手、米原万里さんの最初で最後の対談集。VS.林真理子、児玉清、田丸公美子、糸井重里ほか。

ひと皿の記憶　四方田犬彦
諸国を遍歴した著者が、記憶の果てにぼんやりと光るひと皿をたぐりよせ、追憶の味（あるいは、はたせなかった憧れの味）を語る。書き下ろしエッセイ。

モロッコ流謫　四方田犬彦
ボウルズ、バロウズ、ジュネ、石川三四郎……作家たちの運命を変えた地の魅力に迫る紀行エッセイ。第11回伊藤整文学賞、第16回講談社エッセイ賞受賞。

らくごDE枝雀　桂枝雀

桂枝雀が落語の魅力と笑いのヒミツをおもしろおかしく解きあかす本。持ちネタ五選と対談で、「笑いの正体」が見えてくる。（上岡龍太郎）

桂枝雀のらくご案内　桂枝雀

上方落語の人気者が愛する持ちネタ厳選60を紹介。噺の聞かせどころや想い出話をまじえて楽しく落語の世界を案内する。（イーデス・ハンソン）

くいしんぼう　高橋みどり

高望みはしない。ゆでた野菜を盛るくらい。でもごはんはちゃんと炊く。料理する、食べる、それを繰り返す、読んでおいしい生活の基本。（高山なおみ）

ビール世界史紀行　村上満

ビール造りの第一人者がたどるビールの歴史。メソポタミアでの発祥から修道院でのビール造り、日本への伝来まで。ビール好き必携の一冊。

小津安二郎と「東京物語」　貴田庄

小津安二郎の代表作「東京物語」はどのように誕生したのか？　小津の日記や出演俳優の発言、スタッフの証言などをもとに迫る。文庫オリジナル。

魯山人の世界　白崎秀雄

魯山人芸術の本質は、彼の「書」のなかにある。世間の俗説を一刀両断し、鋭い観察眼と豊富な知識を基に、新たな魯山人像を提示した意欲作。

新宿駅最後の小さなお店ベルク　井野朋也

新宿駅15秒の個人カフェ「ベルク」。チェーン店にはない創意工夫に満ちた経営と美味さ。帯文＝奈良美智（柄谷行人／吉田戦車／押野見喜八郎）

今夜も赤ちょうちん　鈴木琢磨

居酒屋には、不平不満も笑いも悲哀も包み込んでくれる空間がある。人気の居酒屋探訪コラムから厳選された名店を収録。今夜はどこに寄っていこうか。

味覚日乗　辰巳芳子

春夏秋冬、季節ごとの恵み香り立つ料理歳時記。日々のあたりまえの食事を、自らの手で生み出す喜びと呼吸を、名文章で綴る。（藤田千恵子）

諸国空想料理店　高山なおみ

注目の料理人の第一エッセイ集。世界各地で出会った料理をもとに空想力を発揮して作ったレシピ。よしもとばなな氏も絶賛。（南椌椌）

新編 塩釜すし哲物語 上野敏彦

東北の塩釜で日本一のマグロを握り続ける「すし哲」の努力と喜びを描いた好著に、震災から復興への苦闘を記録した新たな一章を増補。（荻野アンナ）

わたしの脇役人生 沢村貞子

脇役女優として生きてきた著者が、歯に衣着せぬ、それでいて人情味あふれる感性で綴ったエッセイ集。一つの魅力的な老後の生き方。（寺田農）

おいしいおはなし 高峰秀子編

向田邦子、幸田文、山田風太郎……著名人23人の美味な思い出。文学や芸術にも造詣が深かった往年の大女優・高峰秀子が厳選した珠玉のアンソロジー。

辻調が教える おいしさの公式 西洋料理 辻調理師専門学校編

ふだんの家庭料理にプロの料理人のエッセンスをほんの少し加えることで格段においしくなる、そんな公式をお教えします。使えるレシピが盛りだくさん。

辻調が教える おいしさの公式 洋菓子 辻調理師専門学校編

家庭でも簡単に本格的な洋菓子がつくれます。プロの料理人がこだわりの技とコツを披露。優雅なひとときを楽しむための、とっておきレシピ満載！

辻調が教える おいしさの公式 中国料理 辻調理師専門学校編

チャーハンや餃子などポピュラーな家庭料理をもっとおいしくするコツとともに、おもてなしのための本格的なレパートリーも一挙紹介します！

野菜の効用 槇佐知子

ゴボウは糖尿病や視力回復に良い、足腰の弱い人はゴボウと鶏肉の煮込みを。普段食べている野菜を上手に使って健康な体を！（永井良樹）

丸元淑生のシステム料理学 丸元淑生

料理はシステムであり、それを確立すれば安く、おいしく、栄養豊富な食事が家庭でできる。「男の料理」ブームを巻き起こした名著復活。（丸元喜恵）

赤線跡を歩く 木村聡

戦後まもなく特殊飲食店街として形成された赤線地帯。その後十余年、都市空間を彩ったその宝石のような建築物と街並みの今を記録した写真集。

世間のひと 鬼海弘雄

浅草寺境内、鬼海弘雄の前に現れたひとたち。四十年にわたり撮影された無名の人々の、尊厳を感じさせる肖像の数々。間にエッセイ・あとがき付。

うなぎ　浅田次郎選　日本ペンクラブ編

庶民にとって高価でも何故か親しみのあるうなぎ。そのうなぎをめぐる人間模様。岡本綺堂、井伏鱒二など、小説九篇に短歌を収録。（平松洋子）

中華料理の文化史　張競

フカヒレ、北京ダック等の歴史は意外に浅い。ではそれ以前の中華料理とは？　孔子の食卓から現代まで、風土、異文化交流から描きだす。（佐々木幹郎）

絶滅寸前季語辞典　夏井いつき

「従兄煮」「蚊帳」「夜這星」「竈猫」……季節感が失われ、風習が廃れて消えていく季語たちに、新しい命を吹き込む読み物辞典。（茨木和生）

絶滅危急季語辞典　夏井いつき

「ぎぎ・ぐぐ」「われから」「子持花椰菜」「大根祝う」……消えゆく季語に新たな命を吹き込む読み物辞典。超絶季語続出の第二弾。（古谷徹）

新編 酒に呑まれた頭　吉田健一

旅と食べもの、そして酒をめぐる気品とユーモアの名文のかずかず。好評『英国に就て』につづく含蓄のあるエッセイ第二弾。（清水徹）

江分利満氏の優雅な生活　山口瞳

卓抜な人物描写と世態風俗の鋭い観察によって昭和一桁世代の悲喜劇を鮮やかに描き、高度経済成長期前後の一時代をくっきりと刻む。（小玉武）

つむじ風食堂の夜　吉田篤弘

それは、笑いのこぼれる夜。――食堂は、十字路の角にぽつんとひとつ灯をともしていた。クラフト・エヴィング商會の物語作家による長篇小説。

美食倶楽部　谷崎潤一郎大正作品集　種村季弘編

表題作をはじめ耽美と猟奇、幻想と狂気……官能的な文体によるミステリアスなストーリーの数々。大正期谷崎文学の初の文庫化。種村季弘編で贈る。

身近な野菜のなるほど観察録　稲垣栄洋　三上修・画

「身近な雑草の愉快な生きかた」の姉妹編。なじみの多い野菜たちの個性あふれる思いがけない生命の物語を、美しいペン画イラストとともに。（小池昌代）

一芸一談　桂米朝

桂米朝と上方芸能を担った第一人者との対談集。藤山寛美、京山幸枝若、岡本文弥、吉本興業元会長・林正之助ほか。語り下ろしあとがき付。

ちくま文庫

たべもの芳名録《ほうめいろく》

二〇一七年四月十日　第一刷発行

著　者　神吉拓郎（かんき・たくろう）
発行者　山野浩一
発行所　株式会社　筑摩書房
東京都台東区蔵前二―五―三　〒一一一―八七五五
振替〇〇一六〇―八―四一二三
装幀者　安野光雅
印刷所　中央精版印刷株式会社
製本所　中央精版印刷株式会社

乱丁・落丁本の場合は、左記宛にご送付下さい。
送料小社負担でお取り替えいたします。
ご注文・お問い合わせも左記へお願いします。
筑摩書房サービスセンター
埼玉県さいたま市北区櫛引町二―六〇四　〒三三一―八五〇七
電話番号　〇四八―六五一―〇〇五三

ISBN978-4-480-43437-1 C0195